U0613112

中山出版

ZHONGSHAN   PUBLISHING

香山承文脉   好书读百年

五桂山儿女英雄传

曲 辰 著

SPM
南方出版传媒
广东人民出版社
·广州·

图书在版编目（CIP）数据

五桂山儿女英雄传 / 曲辰著 . — 广州： 广东人民出版社，2019.10
ISBN 978-7-218-13910-4

Ⅰ . ①五… Ⅱ . ①曲… Ⅲ . ①革命故事 – 作品集 – 中国 – 当代 Ⅳ . ① I247.81

中国版本图书馆 CIP 数据核字 (2019) 第 227940 号

WUGUISHAN ERNV YINGXIONG ZHUAN

五桂山儿女英雄传 曲 辰 著

出 版 人：肖风华

责任编辑：李锐锋
特邀编辑：苏帼敏
封面设计：陈宝玉
装帧设计：吴可量　陈宝玉

策　　划：罗华生　黄跃进　萧亮忠　吴志翔
统　　筹：广东人民出版社中山出版有限公司
执　　行：王　忠
地　　址：中山市中山五路 1 号中山日报社 8 楼（邮编：528403）
电　　话：（0760）89882926　　（0760）89882925

出版发行：广东人民出版社
地　　址：广东省广州市海珠区新港西路 204 号 2 号楼（邮编：510300）
电　　话：（020）85716809（总编室）
传　　真：（020）85716872
网　　址：http：//www.gdpph.com
印　　刷：广州市新齐彩印刷有限公司
开　　本：787mm×1092mm　　　1/16
印　　张：18.75　　　　字　　数：228 千
版　　次：2019 年 10 月第 1 版
印　　次：2019 年 10 月第 1 次印刷
定　　价：78.00 元

如发现印装质量问题影响阅读，请与出版社（0760-89882925）联系调换。
售书热线：（0760）88367862　　邮购：（0760）89882925

代　序

  2019年是新中国成立70周年。70年前，作为见证者和组织者之一，我参加了解放中山与大军进城的一系列活动。

  我经历了在中国共产党领导下，新中国站起来、富起来、强起来的三个伟大时代。想起当年一起为新中国诞生浴血奋战的许多战友，他们大多数都看不到今天，甚至不少牺牲在"雄鸡一唱天下白"的黎明前夕，我心潮起伏难平。

  近年来，老战友的儿女们常来看望我。每次看到他们，我就像见到他们的父母一样亲切，他们也很想知道当年父辈的事情，只悔父母在时无多问。我不忍拂逆他们，与他们父母一起枪林弹雨在五桂山上打游击、打鬼子的情景，就像一幕

◎ 原粤赣湘边纵队中山独立团政治处主任吴当鸿

◎ 珠江纵队后代探访抗战老战士吴当鸿

幕电影回放在眼前。

　　我觉得应该让后代知道这一段为国为民的革命历史和先辈们的家国情怀，这是一个光荣的传统，是新中国的红色基因，应当薪火相传。不仅要让我们的后代知道，也要让更多的国人知道，永远不要忘记那些为新中国诞生英勇奋战和光荣牺牲的英烈们。

◎ 作者曲辰采访抗战老战士吴当鸿

　　我有幸作为抗战老战士代表参加了 2015 年 9 月 3 日在北京天安门广场举行的纪念中国人民抗日战争暨世界反法西斯战争胜利 70 周年大会和大阅兵式。中央军委习近平主席的一番讲话，道出了我们这一代人的心声：

　　经历了战争的人们，更加懂得和平的宝贵。我们纪念中国人民抗日战争暨世界反法西斯战争胜利 70 周年，就是要铭记历史、缅怀先烈、珍爱和平、开创未来。

吴当鸿

2019 年 3 月 6 日

目　录

序曲：红星照耀五桂山

许多从20世纪50年代过来的人都知道《红星照耀中国》这本书，却鲜有人知道这本书的封面人物——一位头顶红星迎风傲立吹响冲锋号的红军战士是谁。

他，是13岁加入红军、参加过长征、身经百战的"老革命"，是抗日战争中，在延安受党中央委派，与战友谢斌一起到广东开展敌后武装斗争、与战友们共创五桂山根据地的珠江纵队副司令员。他的名字叫谢立全。

◎《西行漫记》（原名《红星照耀中国》）

从延河水到珠江怒潮，军号嘹亮……

1940年，在延安抗日军政大学三分校二大队担任政委的谢立全和大队长谢斌接受了党中央下达的一项新任务：到广东敌后去！

5月初的一天，谢斌接总政通知，来到组织部长胡耀邦的窑洞。胡耀邦热情地给谢斌倒了一杯水，开门见山道："广东省委来人，向中央要干部，你到广东敌后去打游击怎么样？"

谢斌不假思索地回答："好啊，听从组织安排！"胡耀邦又关切地问："多大啦，有对象没？"谢斌把头一摇，颇不好意思地说："我现在是要抗战，不是要找对象。"胡耀邦听罢，哈哈大笑道："这找对象和抗战并不矛盾嘛。"

出发前，刘少奇对这两位身经百战、又在"抗大"学习、工作多年的年青"老革命"传达了党中央的战略部署："全民抗战已经进入战略相持阶段，游击战争逐步上升到主要地位上来了。中央已确定了'巩固华北、发展华中、开展华南敌后游击战争'的方针。"

刘少奇又语重深长地对他们说："广东省委迫切需要干部，党中央毛主席决定派你们到广东去。你们要服从地方党的领导，好好向地方同志学习，深入调查研究，积极发动群众，组织敌后武装，建立抗日根据地，有力地打击敌人……"

三天后，"二谢"告别了革命圣地延安，与另外两位南下的干部庄田、林李明一道登上南行的征程。上车后，众无语，不约而同地回望那在心中生了根的清凉山宝塔，直到塔影淡出视线，庄田依依不舍地哼唱起《延安颂》。

"……啊，延安，你这庄严雄伟的古城！热血在你胸中奔腾……"哼唱变成了雄浑的合唱，歌声伴着一路风沙，一路回荡。

四人穿过国统区的重重封锁，抵达八路军驻重庆办事处。周恩来副主席，与八路军参谋长叶剑英在百忙中抽空接见了谢立全和谢斌。虽然他们在延安时经常都能见到首长，但如此郑重其事、如此亲近地谈话还是头一回。

首长们的指示成了"二谢"此番奉命南行开展敌后武装斗争的指南，那如沐春风的关怀更成为二人一生中最难忘的记忆。

离开重庆，经过巍峨险峻的娄山关，不禁让人触景生情。当年任红军刘伯承部敢死队先遣营营长的谢立全，忆起了红军在娄山关天险激战的情景。当时红军与守军鏖战了近一个月，终破敌军，胜利进城，保障了具有划时代意义的中央遵义会议的顺利召开。

谢立全登上娄山关绝壁高台，心潮澎湃，心里默默告慰那些长眠青山的战友，作为幸存者，他将继承他们的遗志，彻底消灭侵略者，解放全中国。

离开了遵义，辗转贵阳、独山、柳州，不久便到达新四军驻桂林办事处。谢立全与谢斌在桂林卸下戎装换上湘绸大褂，头戴礼帽，一身商人行头，在话别庄田、林李明后，两人便一道坐火车到了衡阳，转车南下。翌晨抵韶关，曙色中，二人在城中一座茶楼与地下党组织派来的女交通员接上了头，当日便随她乘长途车直奔广东省委所在地南雄。

时逢广东省委正在落实党中央战略部署，从各地抽调挑选党员骨干，举办建立抗日根据地，开展敌后武装斗争的干部训练班。"二谢"的到来，不啻是一场及时雨。广东省委张书记对来自延安抗日军政大学的两位军政专家大喜过望，决定让他们留在南雄一段时间，给干训班讲授《游击战术》和《军队中的政治工作》两门主要课程。

整整一个月理论与实战相结合的训练和朝夕相处，让这个训练班的学员收获极大，不少人更成了日后广东抗日游击战争中的中流砥柱。学员中，后来成长为五桂山抗日游击队大队长的卫国尧便是一例。

训练班结束后，广东省委决定派谢立全、谢斌到珠江三角洲开展敌后武装斗争,来自珠三角的学员卫国尧顺理成章地成为向导与翻译。

出发前,卫国尧买了一筐芋头背在肩上,俨然粤北山民的模样。快抵清远时,卫国尧便把肩上的箩筐卸下,倒出一半芋头在地,又让"二谢"将身上值钱的东西如钱、手表等拿出来,放到箩筐中,再将地上的芋头覆盖如常。

谢立全一开始不明就里,以为入山随俗,便不再多问。抵清远地界转搭船时,突然不知从哪里冒出几个敞开对襟衫挂枪的家伙跳上船搜刮一番,连他们身上的东西也不放过。幸好,那筐藏了手表等物的芋头却无人问津。谢立全不由得赞叹起卫国尧的先见之明来,听说过广东人办事用心,这回领教。

说起来,这卫国尧亦非等闲之辈。卫国尧是广州沥滘人,曾留学日本东京帝国大学,抗战爆发后毅然归国,先在国民党主办的重庆训练团受过训,还担任过中校队长,分配在国民党军事委员会总政治部第三厅工作。后受我党影响,毅然投身革命,加入共产党,被派回广东工作。

船抵清远后,谢立全一行改走陆路,经肇庆抵中共广东省中区特委所在地三埠。在与主管政工的特委罗范群书记相见后,他们又认识了林锵云。

这位林锵云,看上去四十开外,双目炯炯,黑里透红的脸上浅浅几条鱼尾纹。罗范群告诉大家,林锵云出身工人,参加过省港大罢工和广州起义,是经历过多年战火洗礼与入狱考验的"老革命"。抗战初期被党组织营救出狱后,被派到珠三角发展党组织,发动群众,开展武装斗争。林锵云工作经验丰富,处事为人敦厚,上上下下皆称其"林叔"。

听了罗范群的介绍,谢立全、谢斌不禁肃然起敬。林锵云却谦虚道:

"你们长期在党中央、毛主席领导下工作，经验丰富。党中央派你们来，华南敌后武装斗争一定能按照中央的战略部署打开一个新的局面。"

翌日，谢立全、谢斌随林锵云登程，两天后抵沦陷区边缘的鹤山县沙坪镇。国民党第七战区抗日游击队第三挺进纵队（简称"挺三"）驻此，林锵云一行三人与打进"挺三"的地下党员李进阶接头，是夜长谈。

从鹤山再南下，就是"战士指向南粤，更加郁郁葱葱"（毛泽东诗语）的珠江三角洲了。映入眼帘的，是大片大片的稻田桑基、蕉树蔗林，水网交错，绿意葱茏，一望无边。

多么富饶美丽的地方啊！从黄土高坡过来的"二谢"一下子就被眼前的美景吸引住了。

从延河水到三角洲，战士心中蓦然升腾起一种"祖国的好山河寸土不让，岂容日寇逞凶狂"的战斗豪情。

抗战老战士的回忆

2015年9月3日，中国人民抗日战争暨世界反法西斯战争胜利70周年纪念日，北京天安门广场上举行了盛大的阅兵式。在各式兵种组成的方队中，一支由八路军、新四军、东北抗日联军以及华南抗日游击队的抗战老战士组成的方队备受关注。

阅兵式上，三军统帅、中央军委主席习近平站在天安门城楼上，向行进间的抗战老战士方阵深情地挥手致意。那一幕催人泪下，令人动容。在这个属于中国抗日战争和世界反法西斯战争取得伟大胜利的纪念日，来自当年中共领导的华南游击队的代

◎ 原华南游击队代表、珠江纵队老战士吴当鸿

◎ 吴当鸿（右二）与当年与其一起开创凤凰山游击区的老战友郑吉的儿子（右一）
一起翻阅老照片

表、珠江纵队老战士吴当鸿，站在胜利者大阅兵的历史坐标，再度回
眸当年五桂山抗日游击队那段可歌可泣的烽火岁月。

2018 年新春佳节，我和友人来到广州市公安局宿舍，拜访了在此
颐养天年的抗战老战士吴当鸿。吴当鸿的家居充满年味，一幅壁挂书
法《滚滚长江东逝水》龙飞凤舞，墨香四溢。

同行的两位友人的父辈与吴当鸿都是当年同一战壕的战友，是五
桂山抗日战场上的生死之交。吴老见到战友后人，如见战友，激动相拥。

时光穿越 70 年，抚今追昔，情怀依旧。

抗战老战士传奇从抗战新兵入伍的一幕开始回放。就像是五桂山
版的"母亲叫儿打东洋"的《在太行山上》，这位母亲叫黎瑞珍，五
桂山、凤凰山游击区初创时期积极支持游击队的"堡垒户"。她的女
儿吴清，几年前就参加了革命，1942 年由党组织派回家乡组织民众抗
日，黎瑞珍和大儿子吴当鸿均参与其中。黎瑞珍还积极将翠微村圣堂

里16号的家报请作游击队的交通联络站，作为游击队员落脚的"家"。后来，黎瑞珍又送大儿子吴当鸿上五桂山打日本鬼子，她的义举广受当地百姓赞扬，被游击队亲切地称作"革命母亲"。然而，黎瑞珍与小儿子吴道明却遭敌人的百般忌恨，后来敌人把他们抓进石岐监狱，严刑拷打逼供，母子俩始终坚贞不屈。直至中山解放前夕，他们才被游击队从敌人的魔掌中解救出来。新中国成立后，全国妇联曾致函黎瑞珍，表彰其在抗战中所作的贡献，并称其为"革命巾帼英雄"。

吴当鸿16岁参加五桂山抗日游击队，跟随部队多次出击日伪武装。1944年7月4日，他经历了入伍后的第一场大仗。日军出动过千人马，对五桂山根据地发起"四路围攻"，游击队英勇迎战，以智制胜，一仗下来，歼敌百余，并以突围胜出。战斗结束后，党组织正式批准吴当鸿入党。

◎ "革命母亲"黎瑞珍（右）和儿子
吴当鸿（左）

◎ 黎瑞珍的女儿吴清

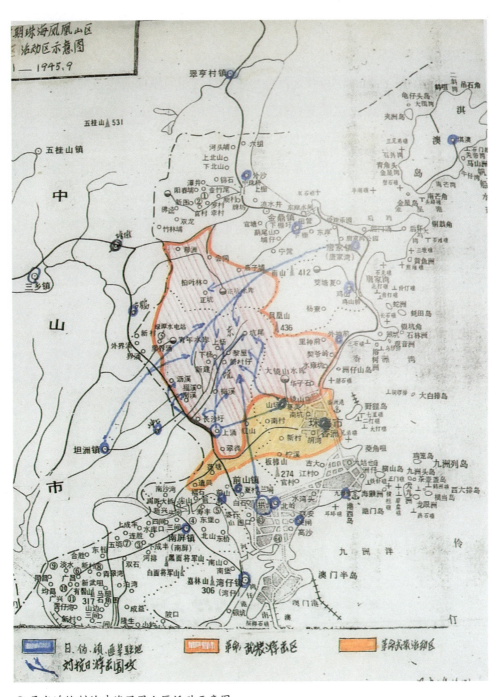

◎ 吴当鸿绘制的珠海凤凰山区活动示意图

同年 12 月，农历初二晚，吴当鸿随白马队袭击驻前山镇的伪军军营大获全胜，缴获大批武器。战斗结束后，一人扛三支三八式步枪的吴当鸿，在随部队回东坑村驻地的途中，被驻守唐家镇前来驰援伪军的日军发现，日军暗中尾随其到驻地。翌日拂晓，日军对白马队发起包围攻击，白马队指挥员身先士卒，英勇迎战在前，双方展开激烈枪战。最后，白马队趁天色未明，杀出一条血路突出重围。此仗打得激烈，双方伤亡惨重，白马队正、副中队长不幸阵亡，六位战士牺牲。

初六晚，白马队转移到正坑村驻扎，谁料又被敌人侦察发现了。日军从坦洲调来一个中队的兵力将白马队围住，敌我双方随之又发生激烈交火。白马队 12 位战士英勇牺牲，多名战士负伤。多轮交火后，白马队分别突围，重新汇合后，返回五桂山根据地。

◎ 三位老战友多年后重逢，共同参加抗战纪念活动。左为吴当鸿，中为原中共中山特派室特派员、中山独立团政委黄旭，右为原珠江纵队政委梁嘉

◎ 半个世纪后的战友重逢。左二为原广东人民解放军广阳支队第六团政委、中共阳春县委书记吴子仁

　　由于白马队两次与日军正面交锋，损失较大，上级决定将白马队与长城队整编为马城队，任命甘生为中队长，并任命在这两场硬仗中表现出色的吴当鸿为小队长兼党小组长。

　　1945年1月，党中央直接领导的广东人民抗日游击队珠江纵队正式成立，其司令部就设在五桂山根据地。原中山人民抗日义勇大队整编为珠纵一支队，下设手枪队，队长就是年仅19岁的吴当鸿。几个月后，手枪队的人数便由十余人翻了一番。

　　同年春节年初二，日寇百余人进攻五桂山抗日根据地，珠江纵队司令部即时组织反击，吴当鸿率领的手枪队在战斗中神出鬼没，大败日军，毙敌多人。同年3月，珠纵一支队分别组织歼灭了前山和古鹤这两个日寇重要据点，参战的手枪队更是名声大振。

　　日寇恼羞成怒,扬言要一举剿灭我党领导的五桂山抗日武装力量,并发动了大规模的"五九"大扫荡。日寇出动过千兵力的主力联队,再加上3000多名伪军,分六路进攻珠江纵队司令部所在的五桂山根据地。

5月9日拂晓，日寇分别从拱北和唐家地区驻地调来一个中队，对五桂山根据地附近的马城队驻地进行包围。面对数倍于我军的敌军攻势，吴当鸿率领手枪队充分利用熟悉的地形地物优势，攻其不备，协同其他部队一起与日军浴血奋战，顽强抵抗，终于冲破敌人的重重包围，成功突围，粉碎了日寇的围攻。

抗战胜利后，吴当鸿奉命留守中山继续坚持革命斗争。1948年1月的一天，吴当鸿所率领的凤凰山武工队在与五桂山武工队合击唐家镇敌警所后收队，不料被敌人尾随跟踪，暴露了武工队经常宿营的凤凰山主峰东坡宿营点。该宿营点是一个由近千块大小石块堆叠而成的

◎ 凤凰山事件的石洞
　洞口之一（右图）

◎ 吴当鸿的两个儿子吴志平（左）吴
　志翔（右）在父亲战斗过的凤凰山
　石洞前留影（下图）

1. 凤凰山事件中的三位老战友合影。左为阮通，右为梁泰献，中为吴当鸿

2. 吴当鸿转战解放战场，率部队参加解放小榄之役

3. 国民党起义部队上五桂山石塘村游击队营地，吴当鸿与起义队伍首领合影

石洞。国民党中山县当局调动三个保警中队的 300 多兵力，于 1948 年 1 月 18 日，将吴当鸿和梁泰献、阮通、周棉、周仔及蔡保等六名武工队员围困于石洞内。

六人临危不惧，利用洞中有洞、七拐八弯及有多处洞口的地形与敌周旋，击毙了入洞搜查的两名敌保警。其后，敌人增至六个保警中队，合共 600 多兵力。

连日来，敌人软硬兼施，先后采取劝降、开枪扫射、掷手榴弹、火攻等方式轮番进攻，直至有一日，洞内毫无反应，敌人以为洞中人不被打死，也被烧死，甚至饿死了，便派一个密侦队员进洞一看究竟。这家伙进洞来七拐八撞，竟然正撞在吴当鸿的枪口上。那家伙吓了个

◎ 吴当鸿与妻子杨惠贤合影

半死，抖音求饶："兄弟，兄弟，不要杀我，我只是出来混口饭吃。"

"废话别说，你马上滚出去报告，说里边没有活人了。"吴当鸿边说边用枪指着他。

于是，那家伙连忙向洞外走去，边走边大声嚷道："洞里的人都死光啦，味道难闻，恶臭连天！"敌方当官的听罢，便拉大队人马撤回山下。

游击队六人对敌 600，坚持六昼夜，且于 1 月 23 日突围成功，堪称"凤凰山传奇"，几十年后仍被人津津乐道。

吴当鸿突围下山时腰部受伤，组织通过海上交通线将其送往澳门治疗，并安排澳门地下党一位姓黄的同志带其找跌打医生医治，奈何不愈。战友萧志刚前来探望，将其转至香港治疗。在香港，负责给吴当鸿治疗的是前国民党中将军医、著名爱国民主人士陈汝棠（中国国民党革命委员会创办人之一，新中国成立后担任广东省副省长）。三个多月后，吴当鸿伤愈，重返凤凰山游击区。

新中国成立后，吴当鸿曾任四野十五兵团珠江独立支队副支队长、中南军区珠江军分区情报站站长、广东省军区情报处中心要点站站长。转业到广州工作后，吴当鸿先后在公安、司法部门任副处长、处长，享受广州市副厅局级待遇，为社会主义革命和建设以及改革开放作出了积极的贡献。1986年光荣离休。

离休后，吴当鸿不忘初心，在力所能及的范围内继续热心投入改革开放和现代化事业建设，积极发挥革命余热。由他担任支部书记的广州市司法局离退休干部党支部，被广州市委、市政府评为全市优秀党支部，他本人也被评为离退休干部先进个人。作为广州地区老游击战士联谊会常务副秘书长，以及珠江纵队老战士联谊会副会长，吴当鸿认真撰写革命回忆录，积极参与举办革命斗争历史展览，大力传承红色基因，深入对青少年开展革命传统教育，多次到所在社区中小学上革命传统课。他还积极建议和参与建设广东省珠海市凤凰山革命烈士陵园，使之成为当地重要的爱国主义教育基地。

参加革命以来，由于表现出色，吴当鸿屡次受到党组织的表彰。新中国成立后，他先后获得中央军委授予的"解放华中南纪念章"，全国人民代表大会授予的"最可爱的人——中国人民解放军纪念章"，

◎ 坐轮椅者为吴当鸿的妻子杨惠贤（萧亮忠／摄）

中华人民共和国司法部授予的"司法行政一级金星荣誉章"，中共广东省委组织部授予的"50年老党员南粤七一纪念奖章"，广州市委、市政府授予的"优秀共产党员"证书，中共中央、国务院、中央军委授予的"中国人民抗日战争胜利70周年纪念章"等数十件奖章和奖状。最令吴当鸿欣慰的是，在90岁时有幸作为抗战老战士代表参加了纪念抗战胜利70周年阅兵式。

访谈尾声，吴当鸿的三儿子吴志翔推着坐轮椅的吴老夫人杨惠贤出厅堂与我们见面。战士暮年，童心未泯，吴当鸿断断续续地为我们朗读了一段《滚滚长江东逝水》：

> 滚滚长江东逝水，浪花淘尽英雄。
>
> 是非成败转头空。
>
> 青山依旧在，几度夕阳红。
>
> 白发渔樵江渚上，惯看秋月春风。
>
> 一壶浊酒喜相逢。
>
> 古今多少事，都付笑谈中。

听马仔叔讲抗战故事

◎ 当年游击队中的红小
鬼、抗战老战士马国荣

　　当年游击队有个"红小鬼"叫马仔，加入广游二支队显社中队新编二大队时才 14 岁，队长萧培（萧子云）问他名字，他说自己是孤儿，不知道名，只知道姓马，个个都叫他马仔。队长哈哈笑道："那你就跟我当马仔吧（即通讯员）！"直到解放战争时期他当了粤赣湘边纵

◎ 前排中为
萧子云

◎ 前排左一为粤赣湘边纵队番禺独立团团长郑吉，前排左二为马国荣

队番禺独立团团长郑吉的警卫员之后，郑吉才给他起了个正式的名字叫"国荣"，为国光荣！

马仔叔珍藏着一张当年游击队的老照片，他指着手机中的老照片给我们"对号入座"。前排左边那位年青英俊的是郑吉团长，其旁边那位满脸稚气却穿着明显过大码军装、笑得最灿烂的未成年"小鬼"就是今日的马仔叔。

马仔叔的故事很多，不知从何谈起。我说："就从你14岁当通讯员讲起吧，之前听我四叔说，当时他14岁上五桂山也是当通讯员，送的情报都是由首长写在卷烟中然后送出去的。"原珠江纵队中山独立团政委黄旭的儿子黄跃进插话道："我曾见过我父亲保留下来的那些卷烟纸情报，字体很小，笔画很细。"

马仔叔笑道："方法有很多，这只是其中一种，我更多是扮作放牛娃，穿条牛头裤，捋高裤脚，头戴烂草帽，不易被疑，每次都能顺利完成任务。"

马仔叔"人细鬼大"（即年少聪明）甚得队长萧培喜欢，萧培让他送信之余，还让他学侦察。不久，部队开赴广州番禺，随即接到任务，要端掉敌人的一个炮楼。萧培便让马仔叔小试牛刀，负责侦察。这是马仔叔第一次执行战斗任务，萧培问他有何打算，马仔叔汇报了自己的想法，萧培听罢点点头，只补充说了一句，说这次端炮楼要的是"一锅端"。

翌日，马仔叔用他的招牌行头出动，烂草帽，牛头裤，高低裤脚，手上多了一个烂桶作"道具"。他来到沙溪河（番禺一河涌名）桥头侦察，这里虽离敌人的炮楼有好一段距离，但却是敌人撤退的必经之地，敌人在桥头布了兵力。马仔叔明白只有控制这个据点，才能完成队长所说的"一锅端"。

马仔叔来到桥头，被两个哨兵喝住，其中一个哨兵走过来用枪指着马仔叔，问："你为何来这里？"马仔叔趁势指着旁边的一条溪说："我来这里捕鱼，你看，工具都带来了。"马仔叔扬了扬手中的烂铁桶又说："我父亲病了，捕几条鱼给他补一补。"

"你是谁？哪条村？父亲是谁？"哨兵又问。

马仔叔望着桥头那棵榕树的根，灵光一闪，答道："我就住在前面这条村，父亲叫崔根，脚跛跛的，人人都叫他'跛根'，我经常出来捕鱼虾帮补家计，不信你去问问。"

哨兵没理会他讲的话，不耐烦地一挥手，马仔叔就趁机跳下河涌，着手捉鱼虾。不用多久，就装了大半桶鱼，有六七斤之多。

哨兵见状又招手让马仔叔过去，告诉他将鱼分三份，他只能留一份，两份送入伙房。马仔叔求之不得，经过营房趁机瞄了一眼，这个哨所的兵力、火力便一目了然。哨兵尝到甜头，在马仔叔走时还问他次日来否。马仔叔爽快答道："只要能捕到鱼，为何不来？"

马仔叔回来汇报了侦察情况，队长听后大喜，当机立断，决定打敌人个措手不及。

　　次日，突袭炮楼兵分两路，一路奔袭炮楼，一路由马仔叔再多找两人托一辆水车作掩护，锁死桥头，切断敌人后撤或前援。只要枪声一响，两路合围，将敌人会歼。由于马仔叔战前深入虎穴，掌握了敌情，这一仗打得十分漂亮，全歼敌人一个排，包括桥头一个班，炮楼两个班。

　　初战告捷，我们听得津津有味。马仔叔又话锋转道："这场仗打得确实顺利，我也觉惊喜，主要是侦察到位，成功麻痹敌人，队长作战方案正确。但并非每场仗都能打得这么顺利。"接下来马仔叔又给我们讲述了他参加的另外一场硬仗——"植地庄之战"。

　　1944年7月初，卫国尧被任命为广游二支队新编第二大队的大队长。他与政委郑少康、副大队长卢德耀一起率领部队转战于禺南一带，连连旗开得胜，生擒"八虎"（广州市郊作恶多端的八个汉奸），攻打新造、市桥，分别俘敌百余，消灭大龙圩伪联防中队等系列战果令敌闻风丧胆，遂拟乘胜出击。

　　7月24日，部队作简短动员之后从植地庄出发，向市桥方向运动。适逢台风暴雨刚过，河涌水涨，市桥以北的主要道路被淹，部队无法推进，只好撤回植地庄，伺机再动。

　　谁料撤回时，被一个月嫂（隐藏奸细）发现，她见这么多陌生人在此，便回去告知丈夫黄具秋。黄具秋是听命于日寇的"密侦队"队长，他跟踪发现这些人去了植地庄之后，便报告给市桥日本特务机关，日本特务机关立即通知广州石榴岗吉田部作战。日军指挥官吉田率500多日军连夜火速赶赴包围植地庄。翌晨，"嘭"的一声枪响击中哨兵，惊醒了夜宿植地庄的游击队。大队领导意识到这一定是敌人来报复，有备而来。判定敌情后，大队领导当机立断，作出了"以保存有生力量为目标，从不同方向且战且退"的突围部署。

◎ 原珠江纵队副司令员谢斌（后排左二）及其夫人余怡（右一），二支队队长郑少康（前排中）及其夫人梁炘（后排左一）2000 年相聚在高明

◎ 前左起梁奇达、冯扬武、严尚民，后排左起吴声涛、叶向荣、卢德耀、郑少康

中队长何达生奉命带领一个班坚守植地庄，阻击日寇，保护村民，掩护撤退。

副大队长卢德耀率领一个机枪班抢占村后松岗高地，掩护部队撤退。但寡不敌众，牺牲了不少战士。

负责掩护大部队的卫国尧率一小分队与郑少康率大部分人员分别从不同方向边打边撤，李海、黄平率非战斗系列人员也分别从不同方向突围。

大队长卫国尧率一部分队伍经梅山向村西南方向撤退。不幸的是大队长卫国尧所率的小分队，在通过沙塔岗下一片比较开阔的地段时，遭到占领了长岗、燕子岗和白虎岗的敌人猛烈的火力扫射。指导员黄颉（长洲人，其亲侄黄智是后任挺进五桂山的先遣队指导员）、政训员黎干之等人先后牺牲。

卫国尧当时身患疟疾，一边指挥机枪手卫富射击，一边撤退，但在翻越沙塔岗时，也难避来自敌力三面的火力封锁，大队长卫国尧、机枪手卫富以及多名战士先后中弹牺牲。

另一路的突围由教导员李海带领、村民植润景指路，走进一条深沟。他们从村东的山岗冲出敌人包围，绕道而行，安全抵达大江南村。

其余大部队由政委郑少康率队，边打边撤，躲开日军的密集扫射，走了两三里路，终于冲出了日军的重围。

政委郑少康率领的队伍向西南方向突围冲了出去，大部分人员突围成功，实现战前大队领导作出的决策，保存了部队的有生力量。

另一支由黄平带领向长岗岭方向突围的队伍，除黄平外其余14人皆为宣传、政工等非战斗人员（非战斗人员没配备武器），一路是连天炮火，九死一生。据唯一幸存者、时任新编二大队政工队队长梁铁的记忆，为我们翻开了那场突围战中的悲壮一页：

"撤回植地庄那天晚上,我与梁绮卿、黄纪合两位大姐住在村民家。卿姐是石岐人,是我的领导,本是大家闺秀,却早在省立女子中学读书时就参加革命。1937年春,卿姐在家乡入党,先后担任一区、四区区委、中山县委成员兼妇委书记。1940年3月,我随她辗转南番中顺地区,在广游二支队负责妇女和宣传培训工作,为地方和部队培养了不少妇女干部。

"拂晓,熟睡中的我们被枪声惊醒集合,大队部火速组织起绝大部分队伍分路突围,村里只留下一个班狙击敌人。包括卿姐、合姐和我在内来不及跟上大部队突围的非战斗系列人员,分别由李海、黄平把我们组织起来,从两个不同方向突围。

"我和卿姐随黄平从村后围墙搭人梯翻墙出村,向制高点长岗岭冲锋,只有越过长岗岭,才能突破敌人的包围圈。不幸的是,当我们

◎ 梁铁(前排左一),1937年1月参加革命,次年在澳门参党,时任澳门四界回国参加抗战服务团第四队队长

冲到半山岗时，日军已占领了岗顶，并用密集火力向我们射击。我旁边的交通员汉仔中弹，鲜血从额上直往下流，他一面用手掩着伤口，一面还继续向前冲。敌人加大了火力，大家只好卧倒，伺机行事。过了一会儿，敌人的大炮、机枪、掷弹筒轮番向我们发起攻击。我的脚板中弹了，血流不止。眼看敌人在机枪掩护下冲上来了，却一次又一次被我们驻守在村庄里的机枪压了回去。

"过一会，敌人向我们扔来一捆炸药包，恰巧落在我和黄平之间。炸药包嗤嗤嗤冒着烟，我们相互看了一下，意识到死亡将至，但又不能拿起扔开，因为附近有我们的同志，只好眼睁睁地望着这一捆像几本书厚的炸药包从冒白烟变冒黑烟……预感那最后一刻要到了，我紧闭双眼，静静躺着。"轰隆"一声巨响，我感觉身体被抛高又跌了下来，我睁开眼睛，发现自己还活着，鲜血从我的腹部和手脚流了出来，再看黄平，双脚板被削去一大片，离黄平不远的卿姐左腿也被炸为两截。我从衣服撕扯出布条扔给靠近的黄平，示意他包扎，他摆了摆手，伸入身上的挂包，取出文件及打空了子弹的短枪，用那布条捆扎好抛过来。我会意，随即塞进身后坟碑下的一个小穴中。

"这时山上敌人的炮火、机枪又密集地向我们扫射。黄平和卿姐相继再中弹，我见到卿姐的嘴唇翕动了两下，就再也无动静了，战场上的生离死别，惨不忍睹，不知什么时候我也昏死了过去 。

"当我苏醒过来时，也不知过去多久，只见天黑一片，四周死寂。我艰难地挪动到山脚，躺了下来。后来遇到上山搜尸的陈英，我才知道，白天和我一起向长岗岭发起冲锋的战友全都牺牲了。我再也见不到敬爱的卿姐、合姐，还有那些朝夕相处的好姐妹了。"

再说坚守植地庄那个班的八位战士，在中队长何达生的指挥下，他们与本村民兵及群众相互配合，利用村落纵横小巷及诸多闸门和村

◎ 珠江纵队二支队老战士1985年留影

周围厚厚的土墙作掩护，从暗处不同射角向明处敌人射击，誓死保卫植地庄，打得英勇，打得漂亮。

日寇恼羞成怒，分列三路纵队向植地庄发起冲锋。14岁参加游击队、练就一身杀敌本领的何达生端起机枪横扫，一下子打死了十多个日军。再来再扫，日寇的多次冲锋均被何达生率领的植芸、黎明、陈耀祥、陈细九、黄贤、曾九和孔联等八名勇士声东击西，利用两个门楼和复杂特殊的地貌击退。

最后，敌人拉来大炮轰击，有民房中弹着火，另有一道高墙被轰塌，一群敌军官趁势冲了进村。千钧一发之际，何达生一方面让村民灭火，自己指挥八条枪，以静制动，放敌入来，关门打狗，等敌人走近，一声令下，八枪齐发，冲进来送死的日寇都不知子弹从哪里飞来就毙了命。双方相持至下午4时，敌人始终无法进村，眼看天将渐黑，日寇不敢恋战，在落日的残照中拉着70具尸体和伤兵退回广州，而我军"八勇士"却无一伤亡。

何达生等八人前后击退了敌人八次冲锋，守住了植地庄，有效掩护了大部队突围，保护了村民的安全，"植地庄之役八勇士"美名广为传扬。这场硬仗，从天亮打到天黑，我方以200人对日伪500人，敌死70余，我方以少胜多，击退敌人，但也付出沉重代价，牺牲48人。这些英雄永远活在中国人民心中。

后 记

身负重伤，被炸弹的气浪熏昏过去的梁铁，醒来后，双手撑地滑下山坡。前来清扫战场的留村队员陈英在山脚找到了奄奄一息的她，村民把梁铁放上竹床送上船，送往南北亭之间（即今亭角、广州大学城一带）果树林里的埗头临时伤兵站救治。梁铁的右大腿被一颗子弹斜穿过，在没有麻药的条件下，军医余民生用剃头刀取出了弹头。

经两个月的治疗，梁铁的身体才勉强康复。抗战胜利后，梁铁转战粤北、香港从事党的地下工作，1949年2月回归部队，任粤赣湘边纵队第五支队直属政工队队长。新中国成立后，梁铁曾任珠江地委青年团组织部长、广东省建筑公司党委第一副书记兼副总经理等职。后来，梁铁在反"地方主义"运动中被错误处分，送粤北连县劳动，直至1979年才获平反。七八十年代，在中国交通部广州港口机械总公司任工会主席直至离休，享受老红军、厅局级干部待遇，为三等甲级残废军人。

附 录

植地庄之战抗日烈士名单

卫国尧　梁绮卿(女)黄　平　黄　颉　黎干之　郑　葵　黄纪合(女)

伍湛彬　吕　成　陈　就　植　流　卫　富　卫雪卿　陈汉仔

张　四　蔡　权　蔡仲沛　蔡细珠　江　咸　江　九　蔡锡垣
黄　强　李趾祥　李　希　陈　灼　李锡洪　梁二九　陈步明
卫泰恂　陈细佬　简　九　冯瑞雪　张　莹　胡　妹　赵裕贤
郭　妹　陈　钊　蔡富强　李沛光　彭　沛

◎ 梁绮卿烈士　　　◎ 卫国尧烈士

◎ 珠纵后代们来到
植地庄烈士陵园
缅怀先烈。植地
庄之战的亲历幸
存者梁铁的女儿
与大家分享其母
的口传忆述

27

◎ 当年洒满烈士碧血的塔沙岗已建起烈士陵园，埋葬植地庄之战烈士的忠骨。一座巍峨的纪念碑高高立在山坡之上，白璧碑身上刻有当年游击队政委郑少康的题词："植地庄抗日战役烈士纪念碑"（萧亮忠／摄）（上图）

◎ 烈士陵前，马国荣向众人痛说"血战植地庄"英烈史（萧亮忠／摄）（中图）

◎ 梁绮卿烈士的亲属代表纽海津、郑葵烈士亲属代表郑炎光向烈士墓敬献花圈（萧亮忠／摄）（下图）

一片丹心在桂园

  刘帼超，祖籍新会，1908 年出生于香港，在澳门成长。1927 年考入广州市妇产科学校，时逢祖国动荡之秋。在校期间，受孙中山医人救国思想以及参加进步同学组织的活动影响。1929 年毕业后，她与两位同学结伴来到中山县三乡平岚村北堡，在这缺医少药的穷乡租借慈善人士郑伯超的房屋创办诊所。她们新法接生，免费为穷人医病，"博爱医局"名声渐起。

◎ 刘帼超

  一年后，两位合作伙伴离去，刘帼超独力支撑，但她不改初心，在后来抗日战争的烽火岁月中，"博爱医局"逐渐变成了抗日游击队可靠的"后方医院"，取名"桂园"。

  1940 年中山沦陷前后，中山县的抗日团体——抗先队、大刀队以

◎ "博爱医局"，又名"桂园"

◎ "桂园"园主刘帼超夫妇与母亲、女儿三代同堂照

及救护队等组织纷纷成立。刘帼超积极参加了救护队,白天和队员们奔走各乡和难民棚,抢救被炸伤的群众,晚上给救护队员们作救护培训。

1942年抗日战争进入相持阶段。五桂山游击队抗击日寇的斗争升级,敌人扫荡,我军反扫荡,仗越打越大,伤员也越来越多,刘帼超和她的"博爱医局"义无反顾地承担了救治伤员的重任,解决游击队后顾之忧。

不久,刘帼超与爱国人士、鸦岗小学创办人之一的陈负天结婚。负天者,喻"面朝黄土背负天"之农人也。负天不负人,更不负妻子的一片丹心。婚后,夫妇二人在三乡圩仔镇选购了一处四面是田畴、门口有河涌、水陆交通方便且较僻静的地方。此地是一个专门上落砖瓦、木料的泊艇埗头,名叫"兰记栈"的旧地,二人在此建新"博爱医局",并冠名"桂园"。

一无桂花,二无桂圆,新建的"博爱医局"何谓"桂园"?局外人大惑不解,唯游击队队员心知肚明,刘氏夫妇一片丹心所寄的正是五桂山。

"桂园"就位于敌人眼皮底下的三乡圩仔镇,所谓"灯下黑",游击队的伤病员,轻则乔装乡民登门就诊,重则走水路从后门进,或请医生出诊,遇伤病员多时,刘帼超干脆背起药箱,作巡回医疗,风雨无阻。为游击队队员治病,刘帼超全部免费,留医队员

◎ 书法家曾谷所书的墨宝是对刘帼超医生一生的肯定

◎ 老战士后代走访刘帼超的桂园，左四为刘帼超的女儿陈小雪

的伙食全包，身体虚弱的队员，刘帼超还亲自下厨炖营养品予以滋补。

游击队队员王河患上严重肺炎，经常咳出血痰，为了治好这个时称不治之症，刘帼超查阅医书，研究民间土方，用药疗与食疗相结合的办法使患者康复，再上战场杀敌。游击队领导谭桂明的疟疾、叶向荣的见年疮（抗疟疾针注射后引起的溃疡），欧初久治不愈的重感冒等，经她精心治疗，皆药到回春。

一天夜里，刘帼超在"桂园"后门迎进一批"不速之客"，约有二三十人之多。原来这些人都是患了夜盲症的游击队队员，因山区生活条件艰苦，缺乏油水致病。是夜，他们翻山过岭，一个扯着一个的衫尾，摸黑走了几个小时而来。

刘帼超深知对于经常在夜间行军打仗的游击队来说这是致命之症。当时此类药物奇缺，刘帼超立即土方上马，配制"百草霜"，几天后战士们全都恢复了视力。她又向部队领导提出预防措施，建议设法在战士们吃的菜里多加一点油。部队领导接纳建议，从而保障了部队的战斗力。

自有"桂园"以来，就数不清究竟有多少游击队队员来过。刘帼超的名字虽不在五桂山游击队花名册内，但在游击队上上下下每位队员心目中，刘帼超是游击队里拿听诊器当武器的"白衣战士"，早就是同志和亲人了。

1945年3月12日，孙中山逝世20周年纪念。中山县委与五桂山游击队联袂在孙中山先祖故乡南朗左步村举办纪念活动及召开座谈会，特别邀请了孙中山的姐姐孙妙茜、革命母亲谭杏、三乡"桂园"红色白衣战士刘帼超等知名人士及本县知名人士、各界代表参加，共商国是。

欧初、郑吉、刘震球、叶向荣等游击队领导常在"桂园"开会，他们早已把这里当作运筹帷幄的"中军帐"了。

"桂园"所处圩仔镇，虽说是"灯下黑"，但毕竟镇上往来人员多且杂，难道不怕"上得山多终遇虎"？

刘帼超的女儿陈小雪指着70年前那张"桂园"老照片说："你看这张老照片，就知当初我父母为什么选连着河涌的圩仔尾作园址了。"

委实令人佩服的是刘氏夫妇的先见之明，"凡事预则立，不预则废"，原来早设玄机。"桂园"后门连着河涌，埗级旁停着一只艇。陈小雪对我说："假如这里有人开会，只要前头有动静，人员马上可从后门坐艇就溜之大吉。"

这就叫"你有翻墙计，我有过云梯"。

一日，五桂山的党组织派人找到刘帼超帮忙。但这个忙与其职业无关，只关信任只关情。原来，五桂山游击队雪花队队员何明的爱人牺牲了，留下一女孩，何明要打仗无法兼顾。另一队员巢健，他的爱人受命北撤，留下一男孩。何明、巢健二人不约而同都想到了刘帼超，却又说不出口，只好托组织来说。刘帼超听罢，二话没说，应承下来。

此例一开，欲罢不能。除了游击队队员的亲骨肉托儿外，一些在战争中失去父母的孤儿也被送到"桂园"，最多时竟达二三十个之多。刘帼超的大爱情怀感动了平岚村林堡的一位高中毕业的知识青年黄鸾英，她自愿来"桂园"帮忙。根据组织指示，"桂园"又陆续收留了一些弃婴。从此，"桂园"多了一个"幼儿园"的称谓，游击队的"后方医院"又多了一层保护的色彩。

为了抚育这些孩子，"桂园"多了几只母羊、母鸡，刘帼超用羊奶、鸡蛋、牛骨煲黄豆给孩子们补充营养，黄鸾英教孩子们唱歌跳舞、玩游戏。抗日烽烟中，游击队员们的这些后代和那些孤儿在"桂园"有了一个温暖快乐的"家"。

何明托孤刘帼超后，曾来探望过两次，最后一次是1949年。何明将女儿拉到刘帼超跟前，语重深长地对女儿说："女儿，你要好好听刘妈的话，等妈妈打胜仗回来接你！"

何明又对刘帼超说："刘帼超，一旦我牺牲回不来，就请你将她抚养成人，我拜托你了！"

刘帼超连忙扶着欲行大礼的何明，面对这位时刻准备赴死殉国的游击女战士，刘帼超含着热泪充满敬意一字一顿地说："放心吧，我一定不负所托！"

不幸，战士一语成谶，何明再也没回来。她牺牲在珠海东岸海边的一次激烈战斗中，大海成了女英雄最后的归宿……

◎ 刘帼超抚养的烈士遗孤巢健之子（左）（照片由珠海市革命史迹博物馆提供）

后 记

从抗日战争胜利到新中国成立，中国人民从此站起来了！刘帼超回归医生本位，潜心研习妇儿科，继续济世扶弱，仁心泽群。

她经历了一系列运动，一直在大布、白石等基层卫生所当医生，直至 70 年代才调回三乡医院。1975 年刘帼超退休，佛山地委特别指示，在要在其退休金上增加 10% 作为其在抗日战争中的贡献的特殊津贴（当时尚未有离休政策），刘帼超感慨万分地说："党和人民没有忘记我。"1980 年 12 月 28 日，刘帼超不幸病逝，享年 76 岁。

当年在"桂圆"专事教育游击队后代的黄鸾英已近期颐，但因当年代表组织负责托孤、与之单线联系的谭本基大姐已去世，缺一纸组织证明而未能享受应有待遇。

2001 年 3 月 1 日，中国人民抗战纪念馆《澳门同胞支援祖国抗战展》在北京开幕，刘帼超女儿陈小雪应邀上京参加。五桂山抗日游击队"后方医院"创办人刘帼超的动人事迹与部分实物由此见诸于世。

烽火中的"白衣天使"

在当年中山抗战连天的烽火中，始终活跃着一支与游击队共命运的非战斗系列队伍，这是一支由医生与救护人员组成、被喻作"烽火中的'白衣天使'"队伍。

战地医院

1939年9月7日上午11时，第二次横门保卫战打响。

当日，一架敌机向张家边方向飞去，经大环村时投下一枚重型炸弹，炸死一名妇女。

8日下午2时，三架战机继续向大环村作轮番轰炸，共投下九枚轻型炸弹，又炸死一名妇女，扬起的巨大沙土当场将一对母子掩埋，后侥幸获救。

10日，敌机再次轰炸大环村，张宝廉家的房屋被炸塌，张宝廉身负重伤，几天后去世。

第二次横门保卫战打响后，驻守中山的广东第一游击区第一纵队

◎ 游击队中的"白衣天使"

司令部在长岗建立战地医院，由政治队员关晃明等负责筹建工作，将长岗五堡乡公所改造成医疗室和伤兵收容站。与日寇开战后，战地医院收容的伤兵逐渐增多，于是在乡公所厅堂左右两侧用木板搭设了两个大通铺，大概能解决20多个伤兵床位。除了伤兵，战地医院内还有支前救护中的群众和妇女队员。

伤兵越来越多，粮食却越来越少。9月14日，关晃明早早赶到石岐、张家边等地办理粮食调拨，当天下午就把1000斤大米从张家边运到长岗。

下午，关晃明继续率领运粮队伍行动，途经大岭村时，被日军的飞机发现并投掷炸弹，运粮队员立即躲进了路边的沟渠作掩护，却见一个村民还在路边慌慌张张，不知所措。关晃明立即将他拉进沟渠，就在此时，日机扔下一枚炸弹，正落在关晃明身边，刹那间，村民无恙，关晃明不幸牺牲。

十天后，第一纵队政训室出版一期刊物《好弟兄》，头版头条报道了关晃明的英勇事迹。

伤兵陆续有来，增至近百名。以女性为主的战时救护队队员纷纷投入到战地医院，参加医护管理工作。没有更多的病房和病床，她们就在桥头村边的尖沙尾树林中开辟了一块空地，利用大树作柱子和床脚，削去多余的枝丫，树冠完全保留，搭起一座绿荫大茅棚。

敌机多次在长岗五堡低飞盘旋、扫射，尽入"白衣天使"眼中，而战地医院却没被敌机发现。

1939年10月7日，石岐沦陷。伤兵和受伤群众大量拥进长岗五堡战地医院，敌机多次跟踪追击，沿途轰炸造成更多伤亡。

第一纵队司令部政训室的女政治队员悉数都到战地医院工作，她们除了担负日常医护工作外，还与战士谈心，做心理疏导。这些女政治队员没有穿军装，但胸前都别有一枚三角形布质证章标式，上有"政治队员"字样。

每天清晨，长岗溪流的两岸最是繁忙。梁秀芳、麦秀等一队"天使"队员们迎着初升的太阳，提着脸盆、铁桶来到溪水边，搓洗那满是血污的纱布、绷带，有的还为伤员战士们洗衣服，她们边洗边哼唱着抗战歌曲。

这便是抗战初期，以国民党武装部队为主体、共产党发动群众积极配合所形成的民族抗日统一战线军民共融的动人画面。1940年3月8日，日军再次占领石岐，战地医院才实现了大转移。

除了以石岐为中心的战地医院外，一、二、四、五、八区亦相应成立战时救护队和伤员救助中心，如二区的叠石沦陷前，救护队就集中青岗村待命，救助中心就设在该村的白蕉围一座碉楼中，救护队全副武装，上山警戒。

◎ 1937 年 10 月，中山四区妇女抗日救亡工作团成员合影。前排左一为方群英，前排左四为程志坚

　　日寇的飞机从三灶机场起飞，而贴着"膏药旗"标志的轰炸机则在叠石、全禄、新村、青岗一带侦察寻找目标。日寇敌机肆无忌惮地盘旋，然后作低空俯冲，昂头又起，随即从机舱扔下炸弹，尾部射出连串子弹。多间民房当场被炸塌，十余名村民死伤，教护队闻风而动，纷纷奔赴灾区。

　　敌机仓促投弹后，飞往龙船地一带虚晃一下，马上又折返叠石，继续向灾区投弹，向救护队扫射。

　　敌机迂回复返，队长杨正矩下令散开，到安全地方隐蔽。此时树下、防空洞、屋檐下已挤满躲避的民众，队员们只好就地卧倒，队员杨丽容找到一处山崖作掩体。来不及离开的村民又被炸死七八人，尸体支离破碎，榕树上挂着炸断的腿和手臂，鲜血染红了一大遍地，惨不忍睹。不幸，一颗炸弹落在杨丽容身旁，塌泥将她全身掩埋。

敌机走后，队长检查队员时发现少了杨丽容，急令分头查找。最后，大家在那座断崖处拼命用手挖，直到将她挖出，发现其身体已被削去一大块，大动脉被炸断，血染黄沙，人已殉难。

在场群众纷纷落泪，战友们悲痛不已，有的更是泣不成声。二区随后召开了杨丽容烈士追悼大会，中山县各界人士和村民上千人参加。人们深切怀念这位勇敢美丽的救护天使，叠石村在杨丽容殉难处勒石立碑作永久纪念。

随着抗战队伍日益壮大，1943年底，中山人民抗战游击队在五桂山槟榔山村举办了两期卫生员训练班（代号海珠桥），学员50余人，学习优异者被选派到澳门名医招兰昌医生的诊所及镜湖医院深造，为五桂山根据地的武装斗争发展和其后成立的中区纵队、珠江纵队培养了大批医疗卫生骨干。

◎ 申明亭乡救护队员杨丽容女烈士殉难纪念碑

◎ 立在南朗镇的横门保卫战纪念碑

游击队成立初期，伤病员特别多。病者多因营养不良造成夜盲，或因蚊叮虫咬感染疟疾，或因长期赤脚行军造成下肢皮肤溃疡，这三种疾病成了困扰部队战斗力的三大流行病。一次出发夜袭，一个患夜盲的战士看不清路，竟然不慎跌入潭中淹死，令大家悲痛不已。针对缺医少药的困扰，南番中顺游击区指挥部司令员林锵云决心排除这个困扰，下令在槟榔山建一个医务所，代号叫"海珠桥"。

◎1943年参加卫生员训练班的萧伟协（萧女），后随队挺进粤中

建医务所的首要问题是缺乏人才，大家不约而同地想到周扩源。周扩源曾经跟其父亲学过中医，林锵云马上调他来筹建医务所，然后又调来学过药剂的黄仕芬，以及做过助产士的邓碧瑶。

人到齐了，全部家当却只有一副注射器、一副钳，一些阿司匹林、红汞、碘酒等以及一小包药棉和一小瓶酒精。周扩源马上找到林锵云，诉苦说："林叔，这一无药，二缺人，让我如何开张呀？"

林锵云听罢大笑道："没有药，向你父亲请教如何自制。人手缺，我来帮你开一个训练班培养。"

原来周扩源的父亲是八区著名的跌打医生。林锵云马上让人将周扩源的父亲请到五桂山上来，又将已在八区工作的周扩源的妹妹周兰也调到医务所，后来干脆将周扩源的母亲也请来帮忙制药。周扩源父亲的药主要是山草药，碾碎了调以食油或者凡士林，效果不错。

此后，困扰部队的三大流行病总算得到缓解，领导也放下心来。林锵云打听到周扩源父亲的生日，在生日当天特意将周扩源一家找来，对周兰和周扩源说："今天是你们父亲的生日。他与我同岁，在部队也算得一个老人家了，你们一起陪他吃一顿饭吧。"

周扩源的父亲十分感动，参加抗日工作的意志更坚定了。后来，他被敌人逮捕，遭到严刑拷打，被捆绑多日始终不屈。敌人撤退后，当地群众马上为周扩源的父亲解开绳索，但他已经无法行走了，他咬着牙，让人搀扶着一步步走回部队。

训练班不久就开办了，学员大多是新参军的年轻姑娘，最小的只有十五六岁。她们大多识字不多，一看到药名就晕头转向。除了努力学习文化、分辨药名之外，她们还找到了聪明的辅助办法，一是靠辨颜色：止痛针是黄的，强心针是白的，红汞水是红的，碘酒是黑的；二是靠辨味道，有的药可以用舌头去舔，靠味道分清。她们学习非常刻苦，学注射就找猪肉来练习，有时还在自己身上练习，要找草药，看过标本就出发，翻山越岭实地采摘。

最终，游击队的大队建立了医疗室，区中队配有卫生员、救护队，还在较隐蔽的地方建立若干个伤病站，治疗重病号和伤员，整个游击队的医疗系统也算是健全起来了。

杏林中不少义士、护士加入了这个医疗系统，西医刘帼超便是其一。她十年如一日，为五桂山游击队义诊疗伤，培训医务人员，她的"博爱医局"（"桂园"），被游击队员们亲切称作"后方医院"。

编外医生

中山四区长江乡的陈桂明，早年毕业于翠亨中山县立乡村师范学校，与杨日韶、谭桂明（谭福鑫）、袁世根等是同学。毕业后曾在农村任小学教师，再考入中山著名中医生程祖培（中山县六七十年代人民医院院长、名医程观树的父亲）主持的中山崇正医院讲习所学医。当时学员只有六名，三年为一届。

陈桂明1938年毕业后，在四区大鳌溪乡开设诊所。1942年冬以后，五桂山游击队常在长江乡一带活动。一日，杨日韶、谭桂明登门探访陈桂明，三人一见如故，共话同窗。

陈桂明对杨、谭二人毕业后的前程去向略有所闻，不便多问，却在话语间不时流露出钦佩之言。见及于斯，杨、谭二人自然便扯到部队缺医少药的窘况上来。

陈桂明听罢，心口一拍说道："若二位信得我过，日后部队上的事便是老同学我的事。凡是指战员有病，请到我诊所就治；若有不便，我还可出诊。如何？"

◎ 当年陈桂明与杨日韶、谭桂明为同窗的翠亨中山县立师范学校旧址

真是访者有意，主人有心。陈桂明的一番古道热肠，令杨、谭二人大喜，杨日韶说："这还有什么可说的，你这番助人热心，我和福鑫（桂明）当年早就在学校领受过，来时路上就说起，只是担心会影响你。"

"这是哪里话，你们出生入死都不怕，我'扶台摄脚'（意为做些帮衬功夫）算什么？"陈桂明毫不犹豫。

"那太好了！"杨日韶拍了拍老同学的肩膀，谭桂明接着补充道：诊金我们就不客气了，但药费我们日后有条件再补偿好吗？

"福鑫（桂明）兄这就太见外了，这样吧，你们权当把我当作是你们部队的一个'编外医生'吧。"陈桂明说道。

此后，游击队员便常到陈桂明的诊所治病，或邀其到部队诊治，他与部队的关系日益密切。期间，陈桂明也参加部队的一些活动，部队上下都亲切地叫他陈医生。

一次，陈桂明到五桂山松埔村开会，被介绍与欧初、吴子仁等相识。欧初大队长热情动员他参加部队。后来在五桂山区开展建政工作时，他还被选为长江乡副乡长，龙焕容（党员）为乡长。

1943年6月，日军一部和伪军第四十三师共1500人兵分六路从石门、合水、长江、灯笼坑、马溪和石莹桥围攻五桂山区。长江一路的敌人由石岐南门绰号叫高佬钊的人（伪密侦队员）做向导。是日早上，陈桂明早饭后跟妻字黄莲英说去合水口里开会，便骑自行车外出。刚出村口不远，陈桂明就碰上敌人，当即被截查。当时被截查的还有罗元（邻乡的乡长）和一个老头。

敌人搜查陈桂明的全身，搜去驼表一只、金戒指一枚，随后又押着他回家搜查，搜出药书一本。日军认为陈桂明是行医的，正打算放了他。

　　岂料在场的伪密侦高佬钊认识陈桂明,他附在鬼子耳边指认说:"他,是山坑人。"(山外人俗称欧初部队为山坑人)鬼子立即凶相毕露,恶狠狠地大叫,要陈桂明交出枪支和欧初。

　　陈桂明答道:"我一个医生何来枪支,更不认识欧初。"日军一再威逼他也不说。无奈,日伪军把他们三人一起押到附近的小学。

　　学校门外有一棵三稔树,敌人将三人捆绑在三稔树上,然后躲入学校饮茶。罗元被绑得松,乘敌人一个不备,挣脱绳索逃走了。陈桂明正要仿效,却被敌人发现,立即开枪。他被打伤了眼睛,顿时血流满脸,昏倒在地。接着敌人又提了一壶开水淋他,把他折磨得不似人样。

　　受尽严刑拷打的陈桂明头脑依然清醒,咬紧牙关,始终不吐露半字。日伪使尽花样仍无法从陈桂明嘴里掏出半点游击队的情况来,气急败坏地把陈桂明和另一个无辜的老头押到山坑里枪杀了。陈桂明牺牲时年仅 32 岁。

◎ 陈爻象医生故居

◎ 陈爻象（左）医生与
儿子陈建辉

当年如陈桂明那样为游击队赠医送药的杏林义医不少，陈桂明是他们中最为杰出的代表。很多游击队的"编外医生"活跃在日常行医当中，当年八区的陈爻象便是一例。

陈爻象，又名陈宽怀，八区斗门乾务镇南山新村人。18岁在广州名医黎庇门下笃学中医，学成回乡开设医馆，兼营药铺"天生堂"。

"天生堂"位处村中心，门前用木杉搭一葵顶凉棚，棚内设凳，专供村民闲坐聊天。当年陈培光、陈福、陈勇、陈金等地下党员和抗日人士曾是这里的常客，他们借聊天喝茶，向村民宣传抗日，讲救国救民的道理。陈爻象妻子张珍瑞在药铺负责配药，稍有空闲便为大家烧水冲茶。

1941年南山沦陷。一天，日兵突然在新村到处搜寻游击队和抗日人士，正坐在"天生堂"门前的陈培光等人来不及躲避，陈爻象急中生智，一把将他们拉入"天生堂"，让他们各就各位。

日兵冲进来一看，只见有的用铡刀铡甘草枝，有的用铜盅在捣药材，再有的用毛刷刷枇杷叶……陈爻象忙上前比划，意指这几个人都是自己的伙计。日兵见状只好悻然而去。

这几个"临时伙计"正是当时活跃在中山八区的陈中坚游击队的队员。日军入侵南山六里时，陈爻象经常冒着生命危险，以医生的身份穿过日军封锁区（医生有通行证），到禾丰里为驻扎在树林里的陈中坚游击队队员诊病疗伤。

因有不少外伤病员，每次来看诊既要看病，还要为一些外伤队员换药。为防被日军发现不能在现场开处方，陈爻象便将伤病员分成几类病症，回到"天生堂"后让妻子张珍瑞一个不错地配好药，再交地下游击队员带走。配药不是配菜，万不能张冠李戴的，陈爻象从不出差错的医术令人佩服，其不畏风险的抗日爱国情怀更是令人敬仰。

◎ 改革开放初期，斗门县多个建设项目奠基典礼上，受邀参加活动的嘉宾不仅有在当地战斗过的老游击战士，陈爻象医生的夫人张珍瑞也受邀携儿建辉、建群参加

红色"堡垒户"

（客家山歌）

人杰地灵五桂山，

英雄儿女灭凶顽。

红色堡垒功千载，

长存浩气在人间。

环五桂山区丘陵地带及民田区，大小村落约六百多，民众四万余，民风淳厚。山区多为客籍，民田区皆为侨乡，落脚此地打游击论，除有地下党组织长期建立起的群众基础和"堡垒户"外，还有始自辛亥革命之"华侨是革命之母"（孙中山语）的光荣传统。

山不藏人，人藏人

1941 年 7 月，谢立全、梁奇达对能否在五桂山开辟抗日游击根据地作了两个月实地考察后回到西海，在罗范群、林锵云主持的南番中顺中心县委会议上，谢立全汇报说：

"论天时、地利与人和，五桂山的确是开展敌后游击战争的好地方。尤其是群众基础好，饱受日、伪、顽重重压迫的当地民众，有着武装起来进行抵抗的共同要求，就像一堆浇上火油的干柴，只要一点燃，它就会熊熊燃烧起来。"

"我们在敌后开展游击战的优势就是藏起来打敌人，而真正藏得住游击队的就是人民群众这座靠山。山不藏人，人藏人！"梁奇达补充，一语成经典。

中心县委作出决策，开辟五桂山抗日游击根据地，由罗章有带领十八人的先遣队开赴五桂山。从此，南番中顺以五桂山为抗日根据地的敌后武装斗争翻开了新的一页。

三军未到，粮草先行。游击队与地方党组织密切配合行动，成立一副官室专门负责。考虑到不能囤粮于山，以防成为日寇进攻目标，

◎ 珠江纵队老战士后代到翠亨管理区石门峨嵋村探望老战士何兰欢老人

须化整为零，分散囤积于山区的"堡垒户"中，以便随时备取。

长着一张大圆脸、雅号"肥兰"的女战士冯兰受命在副官室负责筹建五桂山根据地的"地下粮站"。

冯兰明白，所谓"地下粮站"其实就是"堡垒户"的新增功能，随着五桂山根据地的发展，其后还将兼具交通站、伤兵站等功能。

石门，俨然成了进山之门，首当其冲的峨嵋村当是建立"堡垒户"的目标。年龄相仿、住峨嵋正街25号的新媳妇何兰欢很快就和冯兰成了无话不说的好姐妹。

70余年后，青山依旧在，故人多杳然。当年芳华十八的何兰欢，如今已是94岁的太祖母。不久前，当年游击队二代相约探访，站门口相迎的红衣者正是何兰欢的孙儿、如今的石门一村之长。

围拢着何兰欢的全是当年游击队员之后，看望父辈当年的"老房东"，他们崇敬中又带几分好奇。父辈们告诉他们，正因为有了许多像何兰欢这样的"堡垒户"倾家支持，五桂山游击队方能如鱼得水，如虎添翼，一次又一次粉碎日伪对五桂山根据地的进攻和扫荡，从而取得一个又一个的胜利。

隔代相逢，晚辈自报家门，何兰欢一边侧耳倾听，一边喃喃自语，不断重复着他们报来父辈之名：张大哥、大臣、郑吉、冯兰……此刻，乡情、亲情、抗战情结交织，谊厚情浓。

"肥兰是你母亲？！"

何兰欢拉着阿光的手追问冯兰，一听冯兰已不在世的情况，即时泪涌，泣不成声。那烽火中凝聚的战友情分溢于言表，在场者无不动容。

当年冯兰的"游击粮站"发展了何兰欢后，又发展了侨眷贺婶夫妇，以及来自石门的其他游击队员，如谢月香、谢国强姐弟家属。石门乡

"地下粮站"工作开展得颇为顺利,随后南朗、三乡一带的"游击粮站"也带动起来了,围绕五桂山区的村落几乎成了"游击粮站"的连锁店。游击队员来往渐多,何兰欢这一户便成"热门",几位领导同志如欧初、罗章有、黄旭等常在此落脚,甚至开会。如此这般,岂止藏粮,简直就是藏龙卧虎。

据冯兰生前回忆,当年游击队员家属大多是兼具"游击粮站"性质的"堡垒户",如三乡郑少康、郑吉母亲家,翠微吴当鸿母亲家,翠亨村的杨日韶母亲家,上栅梁杏林母亲郑月虹家,合水口刘震球家,长洲黄筱坚家,以及二区杨子江家,四区黄乐天哥哥家,还有斗门南山的陈章贤家,唐家湾的胡兰馨家,东坑坑美村的廖三家,不一而足。

我曾听说"堡垒户"一般都有夹墙,便于藏粮藏人,便问何兰欢,粮食是否也藏在夹墙中。何兰欢答道:"说出来你都不相信,我是将粮食藏在棺材中的。"

我不由一怔,用棺材装粮食是何道理?原来当年冯兰找到何兰欢提出藏粮,见房子不大,何兰欢还与公婆同住一屋檐,没能修夹墙。忽见其公婆房间还摆了两副大棺材(当地老人有此习俗),冯兰心中一动,但又不便开口,其实她所想的,何兰欢也想到了,只是她须先做好公

◎ 何兰欢紧紧握住亲人的手,心中忆起当年的"肥兰""大臣"与"张大哥"

婆思想工作才好答应。

次日，何兰欢告知，公婆听说棺材装粮食不仅能帮游击队，且棺材有米又好意头，也不易被查出就欣然答应了。何兰欢说，当年她还替游击队在棺材里藏匿过两杆枪。

◎ 何兰欢老人手捧广东省委颁发的南粤七一纪念奖章

"你是'大臣'的儿子?！"

听罢当年黄旭队长儿子的自我介绍后，兰欢婶顿时激动起来，紧紧拉着跃进的手，说出一段当年五桂山的趣事来。

当年欧初大队长曾住何兰欢家颇长一段时间。一天，欧初对她说："阿欢，你马上帮我送一封信上五桂山交给'大臣'。"

"哪个大臣?"何兰欢见过这么多山里人，却从未听过有此人。

欧初说："你找到黄旭，他自然就会告诉你。"何兰欢知山里规矩，不便多问，拿了一顶客家人的尖顶旧竹帽，将欧初交给她的信藏在帽檐的篾囊里头就立即动身。

约两个小时后，何兰欢就到达五桂山根据地指挥部，见到黄旭队长，她连忙从帽檐里取出欧初的亲笔信交托之。接过黄旭递过来的水，何兰欢咕噜咕噜一饮而尽，放杯时见黄旭正在拆信，失声叫起来："队长，这封信是写给'大臣'的，你怎么拆啦?"

黄旭听了，哈哈一笑，问道：大队长是如何交代你的呀?

"我不认识大臣，他说只要找到你就行，可是——"

黄旭笑得更开心了："阿欢，那是大队长故意给你卖关子的，我就是'大臣'，不信你去问山里人，没有不知道的。"

"那，为什么我不知道，难道我不是山里人？"

"是！一百个是！"黄旭见阿欢不高兴，连忙说："好好，我来告诉你那是怎么回事。不久前，山里开联欢晚会，我演了一个滑稽讽刺剧中的一个伪满大臣。"黄旭说着说着就绘声绘色走了两步，又接着说："大家都说我演得像，晚会后，大家都管我叫大臣，大臣就这么喊开啦。你没来看戏，当然就不知道了。"

听完，何兰欢也不禁哈哈大笑起来。没想到，后来"大臣"这个名竟是假戏真做了，连游击队的情报传递，及至内部公文、指示里出现的大臣皆成了黄旭的代称。沿称至大军进城中山解放，时任珠纵中山独立团政委兼中山县委书记的黄旭现场答港澳记者问，被记者登到境外报刊，境外人不懂何谓政委书记，大标题称黄旭将军，小题大做，给"大臣"惹了不少麻烦。

"一椽得所，五桂安居"乃孙中山先生当年为故乡翠亨村新居落成所题楹联。但孙中山先生始料未及的是下联"五桂安居"日后还成了五桂山抗日战士藏身翠亨村的"护身符"，日寇进村亦有所忌惮。

如同上述石门村，翠亨村也是当年五桂山游击队的"堡垒户"村。抗日英雄杨日韶、杨日璋的母亲杨伯母家就是典型的"堡垒户"，其一家是党的早期领导人杨殷烈士之后的革命家庭，兄弟姐妹全都参加了抗日游击队，游击队上上下下更视杨伯母家为"游击队之家"。村民心照不宣，村长有意识加以保护，还向日本鬼子报告说村民全是良民。故游击队一旦遇到危急，都会把军粮往翠亨村藏，让伤员在杨伯母等"堡垒户"家安居，地方党组织和游击队领导也常在此活动。南番中顺中心县委和游击区指挥部的领导林锵云、罗范群、谢立全等都在杨伯母家住过。另一"堡垒户"党员杨维学家同时还是抗战时期地方党组织和游击队宣传品的油印室和地下交通联络点,谭桂明、卢德耀、罗章有等游击队领导都在此活动过。

有一次,欧初大队长的疟疾病又犯了,于是下山找到杨伯母家,一见已住满,拟另想办法,却被杨伯母一把拦住。杨伯母想到了同村的姻亲陆天福,一位追随孙中山参加过辛亥革命的老同盟会员,果然当杨伯母找到陆天福帮忙时,他爽快答应了。

一日,游击队白马队长谭生和凤凰山区民主建政筹委黄河起到翠亨村向欧初汇报工作,刚好碰上日军进村巡逻。陆天福立即搬了张小凳,坐在门外的树下,装着乘凉把风。鬼子走近时,陆天福还同对方打了个招呼就过去了。

说起来也是"灯下黑",翠亨村口离对面槟榔山"红楼"日军驻地仅隔一条兰溪河。

碧血染黄沙

1944年农历六月初一凌晨,从汉奸口中得知石门"通共"的日寇加伪军上千兵力,将石门九堡的几条自然村包围,挨家逐户搜查游击队员,搜了两个小时,连游击队的影子都搜不到。恼羞成怒的鬼子见人就押,最后将九堡各村93名群众押往下栅外沙敌营囚禁。

一连三日,不给进食,不给饮水,外沙有一女青年冒险送水竟被日本鬼子当场一枪打死。面对日寇凶顽的严刑逼供,被囚的群众始终无人说出游击队员行踪。

初四早上,日伪军将93人拉至外沙的沙滩处,挑出41名男女青壮年,用刺刀逼着他们挖一个大沙坑,然后再逼他们说出游击队下落,

◎ 20世纪80年代，游击老战士重回石门，并到石门九堡惨案纪念园，拜谒当年用生命保护游击队的41位乡亲的亡灵

41位血性青年始终只字不吐。

企图一再落空的日本鬼子被彻底激怒了，他们兽性大发，用上了刺刀的枪，将这41名青壮年连赶带捅，全部推进大沙坑。最后，手无

寸铁的 41 位义士不是活生生被捅死就是被活埋，杀身成仁义，碧血染黄沙。

日寇丧心病狂地炮制了"石门九堡惨案"，但割不断游击队与群众的血肉相连。翌日，乡亲们掩埋好 41 位遇难同胞的尸体，50 多位青年当即报名参加游击队，誓报此血海深仇。"红色堡垒"愈挫愈坚！

"石门九堡惨案"，历史不能忘却之觞。

一座记载了这段历史的纪念碑坐落在翠亨村与石门村相邻一个叫山门岰的地方。我少时在翠亨小学读书，记得每年清明，学校都会组织我们前往扫墓，并在现场，请幸存者给我们上一堂活生生的爱国主义课。

当年的幸存者之一、游击队战士梁坚（原中山县委统战部长）回忆，当年她在石门张落坑村做群众工作，正遇敌人前来扫荡，来不及转移，千钧一发之际，幸得"堡垒户"何伯母机智掩护，途中脱险。每当忆及，内心便涌起一种对人民群众大恩大德的无比感激之情。

五桂山抗日游击战场所展现出来的人民群众的堡垒作用，反复证明了一个颠扑不破的真理：战争的伟力之最深厚的根源存在于民众之中。（毛泽东《论持久战》）

让子弹飞出碉楼

◎ 周伯明

（民谣）

白石村中多碉楼，周参谋长巧运筹。

抗日战士神枪手，一枪一个"萝卜头"。

这是歌颂当年五桂山游击队参加"白石村碉楼防御战"的客家山歌引子，唱的是指挥这场战斗的珠江纵队参谋长周伯明及支队长欧初辖下两个中队出奇制胜的传奇故事。

碉楼底层左侧镶嵌着一块黑珍珠石匾，上面镌刻着"白石村碉楼防御战"的简述。斑驳的碉楼与弹痕是来自抗日战争历史深处的烙印。

1945 年 2 月 27 日，据情报称，被五桂山游击队"教训"了一下的驻神湾伪三十三师梁雄大队，当天就搬来石岐日军，拟向刚撤到三乡白石村休整的五桂山游击队作反扑性进攻。周参谋长料到敌人此举，神湾之战受制于敌，未能将其一鼓聚歼，好比打蛇未中七寸，捅了一个马蜂窝。

到了白石村，欧初将驻地和岗哨布置妥当，就随周参谋长一起仔细察看了全村的地形。白石村北面环山，南面村口有河涌和竹林。白石村是个侨乡，大多建有碉楼，以防盗贼土匪入村抢掠。

绕一圈后，周伯明问欧初："村中碉楼你知有多少？""我正好数过，不足百户的小村落，共有碉楼17座，平均五户一座，约50米一'岗'，村口河涌闸门正对处那座最高的为'碉楼王'，易守难攻。"欧初回答得中肯利索。

"是啊，"周伯明接过话说："这里虽近岐关公路，但距离五桂山根据地不算远。村后有山，不高，利于防御，山前有一片荔枝园。我们何不借此地利、天时与人和（群众基础好），面对即将来犯之敌做篇好文章如何？"

欧初点头称道，周伯明继续说："一般情况下，我们可以攻坚，也可以在有利条件下打野战。但遇敌人配有重火器前来进攻时，我们是否有能力保卫根据地呢？我是想找个机会和敌人碰一下，好好教训他们。当然，游击战争的原则是不应该随便同敌人硬碰硬，我军弹药很少，也不易补充，经不起打消耗战。但为了巩固政权，在敌人以为我们一定不打硬仗的时候，出其不意地来个，硬碰硬，一改之前转移阵地的消极防御为坚守阵地的积极防御。兵无常势，出奇方可制胜"。

英雄所见略同，欧初也赞同此方案。与其白挨子弹，还不如让子弹飞出碉楼。欧初深知"不拘一格，剑走偏锋，顺手牵来，随形布局"正是这位坚毅果敢，多谋善断，打起仗来常有独到思路的周参谋长一贯的作战风格。

周伯明1934年参加革命，曾被党组织派到张学良的东北军工作过。他上过军校，研习过兵法兵器，尤擅爆破与游击战术，如麻雀战。全面抗日战争爆发后，周伯明从延安转战广东，先后指挥参与多场战

◎ 周伯明在东江纵队参与营救美国飞行员科尔后的合影。左二是参谋长周伯明，中间是司令员曾生，右二是翻译林丽（科尔／摄）

斗，屡建奇功。到五桂山抗日根据地后，他亲自主持，带出精干的战斗指挥员罗章有之外，又培训战斗连队的爆破技术，培训出梁冠、甘子源等一批技术过硬的爆破手。此后，分布各区的战斗连队频频出击，几百斤重的 TNT 炸药包四面开花，令盘踞在中山的日伪据点纷纷闻风丧胆。

"不知今日'周郎'有何妙计？"欧初笑问周伯明（周伯明原名周益郎）。

周参谋长当然是心有妙招。他计划先将主力群隐蔽于村北后山荔枝园中，包括后来林叔（林锵云司令员）派梁奇达驰援及时赶到的人马，再派一个轻机班占据村后的山头制高点，以防敌人后援部队对我方游击队形成前后夹击之势。

除在村的东西两翼与邻村相接处布控部分兵力外，其余兵力全部分布于村南，即村口前沿地带的十座碉楼中。以正对村口的碉楼王为中线，各驻兵碉楼随形"就位"布下"碉楼阵"，呈半月形拱楼王而立，以碉楼为正面作战单位，严阵以待。此外，参战的马城中队还派一个班，掩护与协助爆破手甘子源在鬼子进村必经的地段埋雷。

周参谋长与欧支队长坐阵碉楼王运筹帷幄，谭生队长和林伟干指导员负责执行与协调。周参谋长还交给林伟干一项特别任务，就是从敌人发出的第一声炮响开始统计，至60响即报告。

据当年参加过白石村碉楼防御战的近百岁抗战老兵二叔公（冯永）忆述。他时任民族队三班班长，开战前带班掩护与协助甘子源埋好地雷后，便随中队长彭福胜进驻村头的一座碉楼。碉楼主人姓张，是一位爱国华侨。楼高四层，一楼是厨房和客厅，二楼是主人房，主人张伯将三楼四楼腾出来给游击队使用。战斗一打响，主客便是一家，张伯的家人就成了战斗服务队员，从早到晚轮番送茶、送水、送干粮（番薯芋头），甚至帮忙护理伤兵。张伯的义举激励了战士们的斗志，感激之余，大家嘱咐张伯倍加小心。张伯激动地说："我宁愿同你们一起战死碉楼，也不愿当私心鬼、亡国奴！"

此番动人场面在其余游击队驻守的各个碉楼轮番上演。谷镇（即三乡镇）民主政权所派干部郑滔、白石村妇女主任郑姨、民兵队长伟叔带着民兵，准备了许多禾秆草，用以搭建屋子，解决部队人员的住宿问题。战斗一打响，他们马上安排村民烧开水、煮番薯芋头，帮忙抬伤员。全村群众闻风而动，竭尽全力、义无反顾地支援子弟兵，只盼游击队能打个胜仗。

白石村的碉楼固然是这场防御战的有形利器，而碉楼的主人、白石村人民群众却是比碉楼更坚固的"堡垒"，是克敌于无形的利器！

各碉楼的全部火力都布置在碉楼的窗槽上，透过窗槽往下望，村口动静一目了然。持枪可瞄准鬼子进村必经的三米宽村道，让来敌在碉楼中游击队的最佳射程内接受"点名"，保证有来无回。

大战前夜，月黑风高，游击队派出的一支七八人的搜索小分队沿岐关公路两线向北行进至白石村不远处。天将拂晓时，小分队突遇敌人，几声清脆的枪声打破夜空的宁静。双方交火后，小分队迅速向驻地撤回。不幸的是，其中一名游击队员在回程时中枪身亡。

天色渐明，周参谋长通过望远镜，忽见镜头中出现一个日本鬼子，正走向那名游击队员刚刚牺牲的地方。说时迟，那时快，周参谋长顺手抄起身边一枝长枪扣动扳机。"砰"的一声，那名日本鬼子应声而倒，另一个鬼子急忙救援，"砰"，又一枪，"萝卜头"正好成双。周参谋长用神枪双倍讨回了血债，黎明前的战场又归于死寂。

20多分钟后，天色渐亮，雾渐散开。周参谋长全面观察敌阵后，判定来犯之敌中伪军有200余人，日军是一个步兵中队100余人，一个炮兵中队80余人，日伪军合起来约500兵力。

周参谋长心中盘算了一下，敌人有武器优势，兵力多不见得是优势。若此时撤退并不太难，何况山后还有条红色通道通往五桂山根据地。若此时坚持硬碰硬，颇有点破釜沉舟的味道。

忽然枪声响起，不容多想，周参谋长看表，正好8点整，敌人的正式进攻开始了。枪在手，箭在弦，他心一横，让战果来说话吧！

敌人的进攻还是老套路，伪军打头阵，后方距离100米的日军步兵一字横向散开，再往后700米，炮兵设置三门炮直接瞄准目标射击。开始火力不大，只当是打顶头阵的伪军壮胆，直到伪军距村边约100米已被我方游击队摞倒十几人时，日军才大吃一惊，重又调整战略。

8时30分，日军进入离村外200米的阵地时，炮声与机枪声大作，犹如闪电雷鸣，子弹雨点般射向碉楼。待敌方火力稀疏时，碉楼中的游击队抓紧时机，作短促射击，那拼命冲向村边的 80 多名伪军又被撂倒十几个。

这个时候，周参谋长布下的碉楼阵开始大显神威，一梭梭子弹飞出碉楼，瞬间形成交叉火力网，逼迫村边的伪军不得不进入那条在中心碉楼射程 30 米内，却只有三米宽的"死亡通道"。

伪军刚从围墙边突入通道，即触到周参谋长那枝好似长了眼睛的长枪，他对着敌人一枪一个准。白马队队长谭生也不含糊，一枪便打中了一个伪军小头目。众枪齐发，打得伪军不是胸部穿孔就是脑袋开花，后续的伪军连头都不敢抬。

眼看从主动进攻沦为被动挨打的局面，日军气急败坏准备反扑，集中了全部兵力与火力，孤注一掷，向前强行推进了几百米。伪军准备全部推进村，日军步兵中队则推进至村边一百米处，炮兵中队加快发射速度，妄毕其功于一役。

白石村碉楼附近顿时枪林弹雨，炮火连天。两军对垒的战场出现了极不对称的"长枪 PK 大炮"一幕：

大炮是鬼子的"杀手锏"，炮弹猛烈飞向碉楼，一些原本就比较残旧的碉楼，不是被腰斩就是削头，多位战士负伤，但他们顽强抗争、坚守不撤。

该看周参谋长如何出招还击了，出乎大家意料，传来的命令是前沿碉楼的战士不得恋战，立即全部撤退到游击队主力集结点及中心碉楼听命。周参谋长这一招可厉害了，叫"以逸待劳"，不战而屈人之炮。原来，在敌人猛烈的大炮攻击下，指挥部中心碉楼虽也被击中三炮，却无一炮伤及心脏，坚固岩石所砌的楼身，任敌枪击炮轰，屹自岿然不动。

指挥部中心碉楼顿成"排炮之的"，参谋长静观事态，等待战机。

◎ 多年后周伯明参加珠纵活动留影，左五起为周伯明、刘田夫、梁嘉、郑少康、梁奇达、欧初

◎ 2019 年初采访抗战老战士、白石村碉楼防御战的亲历者、中山市老战士联谊会会长冯永（二叔公）

◎ 周伯明两个儿子在中山革命事迹陈列馆参观

◎ 周伯明子女在父亲战斗的碉楼前留影

这时从前沿碉楼撤退过来的一位战士大喊："报告。"周参谋长一看战士怀中抱着一枚炮弹，战士说："这是一颗哑炮，指导员让我马上带给您看看。"

周参谋长细细端详，这是41式山炮，口径只有7.5厘米，俗称小钢炮，特点是便携、短平快，但对于坚固的碉楼而言，威力有限。

周参谋长当即命令各碉楼的步枪予以回击。成排的子弹飞出碉楼，飞向敌军炮兵的阵地。

"好！"周参谋长从望远镜里看见日寇有四个炮手中弹。本来日寇是边打边攻的，见出师不利，急忙拖着大炮退隐，躲长枪去了。

中午时分，敌人的大炮不大吭声了。林伟干前来报告，此时正好打响60响炮弹。参谋长一听，脸上露出了不易见的笑容。他算准了，敌人是按一门炮配20发炮弹为一个基数，三门炮，共60发炮弹。不言而喻，敌人已成强弩之末了。至于碉楼外的轰隆声，一听就是日寇步兵的掷弹筒，隔靴搔痒，一点都奈何不了碉楼里的游击队。

两军就这样僵持着，敌人几番冲进村里，都过不了那条"一夫当关，万夫莫开"的仅三米宽的"死亡之道"。

南面村头枪炮声稀疏下来后，北面村尾却断断续续打了起来。原来日寇一个小队配一挺轻机，天亮前已迂回到后山腹部，进攻开始后便拟冲上主峰，先封死我方游击队的退路。岂料游击队神机妙算，日本鬼子的如意算盘又落空了。

落空原因其一是我方坚守不退。其二是周参谋长早令轻机班抢在敌前占了主峰。若敌人想从次峰夺回主峰，也要走一条三米宽的山脊道，虽只有100米，却在主峰上一挺轻机加六支长枪居高临下的最有效射程之内，步步惊心，无异又是一条"死亡之道"。僵持到下午三时，这小队日寇只好开溜了。

下午 4 时，敌人疲惫了，将火炮先撤出阵地。看来敌人不敢拖到天黑，该我方游击队出手了。一声令下，我方游击队反守为攻，集中兵力，绕到西边出兵，拦腰截击敌人，正面子弹从各碉楼里齐齐飞出，火力密集，枪声大作，响彻战场。

日寇落荒北逃，伪军溃不成军，我方游击队追击两公里方"鸣金"收兵。

"长枪 PK 大炮"，游击队以伤亡十余人的代价胜出，歼灭大炮武装的日寇 13 人，伪军死伤 40 余人，并击退日伪军的十多次进攻。

"白石村碉楼防御战"创造了一个"变消极防御为积极防御"的教科书式经典战例。"白石村碉楼防御战"打出了广东人民抗日武装完胜的第一场防御战，打出了军威，更打出了国威！

几十年后，战争硝烟散尽。承载着英雄故事的碉楼，依然傲立在蓝天白云之中。

红色交通站

交通总站"白鸽队"

　　游击队的指挥部如人的头脑，如头脑指挥全身活动般指挥全军行动，而交通站的工作则如人的血脉，如头脑的指令通过血脉传及全身，让指挥部号令畅通无阻至全军。

　　这是 1943 年冬，南番中顺游击区指挥员林叔（后来任珠江纵队司令员）召见不久前成立的交通总站站长容海云、将交通总站的代号命名为"白鸽队"时的一段面授机宜。

◎ 白鸽队队长容海云

　　当时，容海云年方二十，却是抗战早期的游击队员，一直从事抗日宣传与妇女运动方面工作。如今，她有新的重担在肩，飒爽英姿，

◎ 南朗东桠村大同街 2 号温泗好的家是"白鸽队"队部旧址

巾帼不让须眉，决心领飞"白鸽队"。

交通总站"白鸽队"队部设在指挥部附近的南朗东桠村。接到林叔的指示后，容海云马上找到交通站的几位负责人，传达指示精神。当时，"白鸽队"这个名称可谓说到大家心坎里，大家的情绪十分高涨，都说这个代号又好听又贴切，表示一定不负领导的重托，要像白鸽一样，飞山越岭，过海穿河，保证部队的通讯联络畅通。

几天下来，大家就把以五桂山区交通总站为中心的路线、网点建立起来。除了五桂山根据地范围的内线，还根据指挥部的要求，建立了四条外线，分别是：崖口村到伶竹洋及东江纵队联系的东线；经雍陌与澳门党组织联系的南线；经三乡镇与八区陈中坚部队联系的西线；经九区牛角沙、潭洲与在顺德西海的广游二支队联系的北线。此外，由于北线河网交错，东线要越过伶仃洋，交通站还特备了三条木艇，供这两条线支配。

五桂山区通往平原的各主要出口处均设有山区分站，此外，还设有多个平原分站，通过这些分站再延伸，形成了四通八达的交通线，线线皆穿越日、伪、顽、匪封锁或控制线，关卡重重，步步惊心。先后有六十余人为之投入的这条交通线，不知经历了多少艰难险阻，留下了多少可歌可泣的动人故事。

这些交通线往往要通过敌人的封锁线，所以绝大多数交通员都是女同志，以便掩护身份。她们组织纪律性十分强，对工作极端负责任。无论是台风呼啸的黄昏，还是暴雨滂沱的黑夜，只要一有任务，总是立刻出发。这些交通员们大多出身贫苦，许多都参加过妇女识字班或训练班，多数都是共产党员。交通站负责转送部队的信件、文件、物资，还要护送人员以及为部队带路等。为了避免暴露，交通员往往单独行动，近路不走走远路，大路不行行山路。急件一来，则不管天气如何恶劣都要出发。

有一次，五桂山下大暴雨。长江乡溪水暴涨，眼看没有办法往来了，却见水性不好的女交通员"米仔"从对岸送过来一份急件。同志们看她浑身都湿透了，就问她是怎么过来的。她说虽然自己不会游水，幸好能找到了一段大木头抱着，硬是浮过了水深流急的山溪。

队员冯惠娟从澳门送信到中山凤凰山区，途中突然遇上正在"扫荡"的伪军，躲避不及，只好若无其事继续前行。敌人拦住她搜身，搜不出东西只好放她走，其实信件就藏在她的裤腰带里。

又有一次，队员杨淑卿送文件去南朗，经过云梯山，突然遭到敌人扫射，手被击中，滚下山坡。由于在田里隐蔽，她不一会儿就因失血过多昏死过去。待游击队发现她时，一篮子文件已被鲜血染红。

1944 年间，队员吴执其和梁润兰从中山九区牛角沙将大批书报经水路再转陆路，运往五桂山交通总站。途经崩冲口时，她们被土匪截住，藏在艇篷中的书报也被搜出。敌人审问期间毒打二人，连棍都打折了，但吴执其和梁润兰死不承认，推说这是新买的艇，篷中的书报一概不知，土匪亦无可奈何。后来，经地下工作的同志解围，二人才得以释放。

入伍时已 40 多岁的四英同志，以客家妇女装束经常出入日寇封锁严密的石岐来运送书报，后来因汉奸告密被捕牺牲。

性格刚烈的卢八女不幸被捕后，不畏严刑拷打，始终不吐半字，最后被残暴的敌人将她捆上大石投入海中。

负责水路交通的模范骨干梁财宽，英勇牺牲于伶仃洋。

学生出身的周雪贞，入伍后进步很快，后来担任了交通分站站长。1945 年 9 月 8 日，她携带重要信件到达宝安县黄田，突然遇到敌人，便立即将信吞入肚中。敌人捉住她后严刑拷打，她宁死不屈，结果被残暴的敌人脱光衣服，开膛取信，死于敌人屠刀，时年 19 岁。

伶仃洋畔惊险一幕

1945 年，日寇做垂死挣扎，大举扫荡五桂山。一天，"白鸽队"的两位水上交通员接到任务，用木艇送一位即将临盆的孕妇过伶仃洋，需安全送到东江解放区分娩。登艇时，那位挺着肚子的孕妇热情地和交通员打了个招呼："佩容！"

那位叫佩容的交通员听到对方直呼其名后一怔，再定睛一看，便哈哈大笑起来："我当是谁，差点连我们也瞒过了。放心吧队长，我们保你安全过江！"

原来，这位孕妇不是别人，正是交通总站站长、白鸽队队长容海云，只不过后来结婚后又多了一个身份。

"我现在的身份可不是队长啊，"容海云含笑带嗔说道。

"知道，知道，你现在是商人太太，回宝安夫家分娩。"佩容心照不宣地答道。

登艇行驶之后不久，她们便进入了宝安黄田境内。突然，交通员一看，发现情形不对，原来宝安也不消停，敌人也在大扫荡，无法登岸。为了安全起见，两位交通员当机立断，决定折返中山。然而，当木艇行驶至伶仃洋中央时，就被敌人的汽船追上，避之已来不及，干脆不避。敌人的汽船很快就来到艇前，船头站着几个身穿黑绸便衣的大汉，一看便知是黄琪仔的土匪武装。其中一个大汉用一条带钩长竹竿把小木艇钩住，小木艇被汽船掀起的海浪冲得左右摇晃，几乎要翻沉。大汉跳上木艇，边查边大声喝道："你们是干什么的？是不是欧初部队？"

女交通员陈佩容机警答道："不是，是我家主人去澳门生子，她丈夫是做生意的。"那大汉瞟了一眼挺着大肚子的容海云，见百分之百要生孩子的模样，手一挥，就把小艇放开。一场惊险过去，两位交通员对着容海云哈哈大笑起来："这些笨蛋，连中山抗日游击队的大

1. 几十年后，容海云（左）与欧初（右）探望温泗好（中）

2. 胜利后，大军进城，行伍中的容海云接受欢迎群众献花

3. 抗战时期，中共中山本部县委交通联络站旧址位于三乡镇大布村西安大街13号

队长欧初的爱人也轻易放过了。"

　　南朗东桠村的温泗好家，曾是中区纵队交通站。几十年后，当年交通总站站长、"白鸽队"队长容海云与丈夫、中山抗日游击队大队长欧初专程前往温泗好家，探望这位革命母亲。

　　中共中山本部县委交通联络站旧址，原为广游二支队队长郑少康的祖居。中山沦陷初期，郑少康任五区区委书记，并以此负责开展本部县委交通工作。其弟郑雄及弟媳皆为交通站工作人员，其母也想方设法筹钱储粮，解决来往同志的食宿。

1940年，中共粤南省委书记梁广及中共广东省委秘书长王均予来中山检查期间，曾住在郑少康家后山的果园内。当年9月，中共中山本部县委书记梁奇达调往南番中顺中心县委工作，向关山移交工作，交接的地点便是此宅。当时的在场者，还有中心县委书记罗范群、委员陈翔南。

水上交通线

抗战胜利前后，梁冠的海上中队曾护送四批五桂山的同志东渡东江，准备北上，参加全国的解放战争。欧初带第一批主力过东江后，又回到五桂山继续护送，一连三批均无恙。在第四批东渡前，有一名驻南朗石门村九堡的朝鲜族日本翻译员，携带一挺机枪、一个掷弹筒向我部队投诚起义。为安全起见，部队派梁德等人护送他渡东江。在横门以东海面，梁德的小交通艇不幸与敌人的大船相遇，翻译员、梁德及交通员等十几位同志均在这次战斗中牺牲了。

最后一批人员在农历七月十四之前由欧初带队东渡。出了金星门，值潮水刚退，船停在淇澳附近海面稍歇。欧初指挥部队先下手为强，打淇澳岛上"黄蟆仔"的土匪武装一个措手不及。下午2点，潮水已涨，全体同志安全顺抵宝安县黄田村。

然而，完成任务后的返程却没有东渡时那般顺利。当时，海上中队由唐森带队，用一艘电船拖着一艘大虾罟、载着16位同

◎ 获得珠江地委"硬骨头英勇特等交通员"称号的梁根

志经水路转陆路回五桂山。谁料行驶至金星门海面时，突然被敌人包围，受到猛烈攻击，两条船均被打沉。大船上的十位同志安全上岸，但电船上的六位同志则牺牲了四位，另外两人幸获渔民救回。

海上中队从此告一段落，日后的水上交通则改以打通五桂山通往九区的水上交通线为主。梁根、周少玉、吴添带、徐玉、黄就胜等人一直坚持到新中国成立。

据方群英忆述，1946年冬，梁根和黄就胜用小艇护送中共中山党组织的领导曾谷、梁冠到中山九区。小艇从洋沙围出发，途经涌口门海面附近时，忽然遭到土匪喝令靠岸搜查。两位领导随身携带着重要文件及枪支，靠岸就会暴露。梁根、黄就胜两位交通员临危不惧，奋力向相反方向的对岸划去。土匪急忙派出小艇追赶，一边在后面开枪向小艇射击，子弹雨点般落在小艇周围，船篷被子弹连续打穿了几个孔。

小艇如离弦之箭驶抵对岸。趁着下雨濛胧，黄就胜引领曾谷、梁冠迅速登岸，然后一脚高一脚地低地越过泥泞路滑的围基，进入一片蔗林。他们迅速选好地点挖了个坑，把枪支和文件埋藏坑中，打上记号，然后又继续赶路。直到下午，终于安全抵达九区将军庙交通站吴添带家。而梁根则与敌人周旋被抓。

在吴添带家见到方群英后，黄就胜等三人便说起了三叉险及交通员梁根陷落敌哨所一幕。方群英一听梁根被捕就急忙找到"兄弟会"出面保释，担保梁根是个老实农民，不会做那些掉脑袋的事。

且说梁根为了牵制敌人，故意留在艇上与敌人周旋。气急败坏的土匪追了上来后，凶神恶煞地喝道："船上的人都上哪去了？"梁根十分镇定地说："你们不都见到了吗？那是送老板带伙计上黄圃提货。"敌人不信，为了从梁根口中逼出有价值的东西，敌人把他吊起来，然后用比碗口还粗的竹杠狠狠地拷打他。

任凭敌人毒打，梁根坚贞不屈，没有吐露半点实情。土匪们向他咆哮："艇上载的什么人？快说！"梁根镇定地回答："我哪知道他们是什么人。我是靠划艇为生的，我要抚养90多岁的母亲，需要钱。谁雇我的艇，我就运谁。"任凭敌人上什么刑具，梁根始终没有暴露党的秘密。敌人见问不出什么，便将梁根五花大绑押回哨所去。

"兄弟会"的兄弟赶到哨所时，梁根已被打成残废，奄奄一息，但始终不吐半句。敌人见问不出什么名堂，也查不出什么证据，于是就顺水推舟，将梁根放了出来。

1949年，梁根跟随粤赣湘边纵队番禺独立团解放番禺，出色接收"李朗鸡大厦"受到表彰。梁根从事水路交通工作长达十多年，参加过多次战斗，多次被评为模范交通员，受到珠江地委的嘉奖，并授予他"硬骨头英勇特等交通员"的光荣称号。

◎ 80年代初，珠江纵队老战士相聚中山烈士陵园，缅怀当年牺牲的老战友

"契妈"交通站

三区高沙有个妇女叫麦娴仙。中山沦陷后，麦娴仙的生活困苦，其丈夫患病，她四处借债求医。丈夫最终不治，遗下四女三男，让她的生活雪上加霜。

1939年4月，游击队进入高沙，宣传、发动群众支援抗日救国。游击队的女队员陈芳住在麦娴仙家中，白天帮麦娴仙干活，晚上教她的两个女儿叶彩英、叶雪英识字学文化。听说麦娴仙的小叔去大榄岗扫墓时被日军飞机掉下来的炸弹炸伤，陈芳回游击队请随医帮忙治疗，这让麦娴仙一家心存感激。

日子长了，麦娴仙的两个女儿叶彩英、叶雪英都提出要参加游击队，麦娴仙就答应了。姐妹俩后来又一起入了共产党，她们家也成为了游击队隔三差五驻脚的地方。久而久之，麦家与各地游击队之间的联络也就顺理成章了。

叶彩英、叶雪英每次回家，背后都常跟着两三个"蹭饭"的伙伴。来往多了，"蹭饭"的伙伴也嘴甜地跟着叶彩英、叶雪英唤麦娴仙作"妈妈"，只是在"妈妈"前面多个"契"字，唤麦娴仙为"契妈"。身边一下子多了几个龙精虎猛的"契仔"，麦娴仙心里说不出的高兴。麦娴仙的家，也成了"契妈"交通站。

1941年，麦娴仙向女儿叶彩英的三叔父叶生贵借了一间寮，然后交给党组织在高沙办起了第一所学校，以此作为团结教育当地青年的宣传活动基地。麦娴仙在小榄的两个侄儿梁新枝、梁炎就是从这里走上革命道路的。兄弟二人后来奉命回小榄，把家建成交通联络站。麦娴仙"契妈"交通站便从一家开成了三家"连锁店"了。

埠圩战斗前夕，谭佳明、杨日韶、欧初等同志曾率队到近埠墟，驻扎在"契妈"交通站。埠圩战斗结束后，部队又安排了七个伤员到"契妈"交通站养伤。"契妈"麦娴仙连夜用三叔遗下的空屋将他们隐蔽起来，又叫上三婶一起往地面铺上厚厚的禾草，让伤员们躺下休息。麦娴仙一直细心照料伤员，不仅照顾起居饮食，还为他们清洗伤口，直到部队派来人接回伤员。送走伤员当晚，麦娴仙趁着深夜，让六儿子叶炎以及冯二广两人分别用小艇将伤员转移到二区杨子江同志那边疗伤。

又有一次，一位送信的女交通员前脚来到麦娴仙家，伪军后脚就来收税。千钧一发之际，麦娴仙急中生智，让女交通员扮作哑女，不要出声。当伪军问起时，麦娴仙就认作自己的外甥女，轻松自若，化险为夷。

麦娴仙先后把两个女儿、一个儿子送到抗日部队，又动员了自己的亲弟弟麦明佳、亲侄儿麦铨堂参加九区抗日队伍，还动员了本村的冯丽蝉、何联、麦玉、麦顺等一批青年男女参军。久而久之，麦娴仙子弟兵"契妈"的名号就越叫越响了。

有其母必有其子，麦娴仙的几个亲生儿女都是好样的。1942年，女儿叶雪英在部队得了病，部队送她回家养病。病情稍有好转，叶雪英就急着归队，不久旧病复发，被部队再度送回家修养。然而几度反复，叶雪英始终坚持返回部队作战，结果导致病重倒下，部队将她送到小榄医院救疗，奈何最终不治，鞠躬尽瘁，时芳华十八。

失去女儿的麦娴仙内心十分悲痛，但却没让在部队工作的另外几个子女回家。她知道自己的几个子女都像去世的女儿叶雪英，也如自己，全副心思都在部队上。

1942年农历四月十二日，梁伯雄大队被敌顽"挺三"几个支队突然包围袭击，叶炎标等奉命撤出孖沙回家掩蔽，谁料撤至吉昌围时又遇袭，除叶炎标、张德浩、麦铨堂三人外，其余队员全部牺牲。叶炎标带着张德浩、麦铨堂奔回高沙"契妈"交通站处。吃过饭，待晚上敌兵退了，麦娴仙才让儿子叶焯带领他们转移到较安全的地带。后来，麦娴仙的亲弟麦明佳在突围中负了伤，回到她家中休养。麦娴仙设法掩护弟弟住了两个多月，让弟弟伤愈后再回到部队继续战斗。

不久，党组织又派方群英进入中山九区地下党组织开展妇女工作，同时兼顾三区高沙点。再次见到方群英，麦娴仙高兴得一把拉着她，如亲女儿回家一般高兴。此后，亲如姐妹的方群英、叶彩英又一起并肩战斗，叶彩英也在战斗中逐渐成长。抗战胜利后，三区组建武工队时，麦娴仙毅然送子参军，当她知道部队资金缺乏，难以解决武器问题时，便把家中仅有的三亩土地卖掉，买来枪支，让大儿子叶洪标带着枪支参军。

正街12号交通站

南朗翠亨石门白石岗村正街十二号，是侨眷贺带（贺婶）的祖屋。该宅建于民国初年，为两层砖木结构，前庭后园，面积颇为宽敞。抗战前，贺带一直居住在此，靠侨批过日子。中山沦陷后，侨批被中断，贺带的平静生活被打乱。国恨家仇，贺带毅然参加了游击队，其祖屋也变身为游击队交通站。

一天傍晚，谢立全来到贺婶家，见贺婶和丈夫正忙着砌夹墙。贺婶一见是他，便忙招呼进屋，关切地问："陈教官（谢立全代名），山上都安排好啦？"

"都准备好了，"谢立全回答。

"那就好，这回任凭鬼子怎么扫荡都安全了。"

谢立全见夫妇二人忙得满头是汗，上前搭了把手，帮忙递砖，顺口问了一句："你们这样焦急地砌夹墙，要装什么宝贝呀？"

"是呀，比金子还贵重呢！"贺婶大声笑道。

◎ 华侨甘华胜（左）及其妻子贺带（右）

◎ 贺带烈士故居

　　这话让谢立全有些摸不着头脑。他心想，得悉鬼子来扫荡，通知乡亲们要坚壁清野，这本来就是游击队布置的，可也无须如此大动作呀。他细心地看了看这道快完工的夹墙，又宽又厚，连人也能躺在里面睡觉，便开个玩笑说："这墙很牢固，敌人若来，你们躲在里面，保险敌人搜不着。"

谁知贺婶听这话，满脸不高兴地说："我们这把老骨头还怕什么？敌人来了，又敢把我们怎么样？大不了，就跟他们拼老命！"又说："不是我说你陈教官，你光知道带兵打仗，敌人马上就扫荡搜山了。我问你，部队的伤员，你准备疏散到哪里呀？"

真是一言惊醒谢立全！谢立全自愧不如，战斗还未打响，群众就先想到伤员的安置问题了。谢立全感动地说："贺婶，你想得太周到了，我代表战士们衷心感谢你！"

"回去跟同志们说，有伤员就送到我这里来，我这夹墙保证安全。你再派人送点药品来就成了，看护伤员有我。"

"好！"谢立全一边答应，一边又关切地说："不过我想你们还是走避走避好，免得有什么意外。"

"你放心好了，我们懂得怎样对付敌人。我们还要在这里等你们打胜仗回来呢！"贺婶信心满满地说。

谢立全感动地望着贺婶，他突然想起与梁奇达考察五桂山时，梁奇达说过一句很经典的话叫"山不藏人，人藏人！"真让梁奇达说准了。

一天，贺婶接了几个伤员回家养伤，一队日军突然闯进石门白石岗村，她立即把伤员藏进夹墙里，谁知人数太多，剩一个怎么挤也挤不进去。千钧一发之际，贺婶急中生智，让挤不进去的伤员躺在床上，盖上被子，刚坐下，鬼子就闯进来了。

鬼子瞪了一眼坐在床边做针线活的贺婶，狗腿子恶狠狠地问："皇军问你那些'山坑人'（敌伪称游击队）去了哪里？"

面对敌人明晃晃的刺刀，贺婶镇定自若："我儿得了天花，我终日不出门，怎会知道？"不问犹可，鬼子一听病人得的是烈性传染病天花，避瘟疫般赶忙离开，游击队伤员们安然无恙。

又有一次，游击队的副中队长卢少彬患了伤寒病，一个月来日夜发高烧。贺婶听闻后，马上将卢少彬接到家里细心照料，还将上山打来的柴草和自家园中的蔬菜挑到十多里外的南朗或下栅墟去卖，好换来钱买药回家。药熬好后，贺婶还一口一口地喂卢少彬服下。在贺婶的精心护理下，卢少彬终于恢复了健康。重返战场之前，卢少彬认了贺婶为义母，以铭记贺婶母亲般的恩情。

贺婶对子弟兵的关爱和保护，早在游击队中传为佳话。有一次，转战东江又派回永丰地区武工队工作的郑卫标与三位战友一同前往外沙村执行任务，回程中，不幸被驻外栅的敌军包围，于是兵分两路突围。其中一路由黄顺英带领，其二人刚出公路就在敌人一阵乱枪扫射中牺牲。

郑卫标与另一位姓卓的战友立即改向淇澳方向突围，走至半夜，才在近长沙埔村甩开了敌人。这时，郑卫标想起被山里人称作游击队母亲的贺婶，所幸长沙埔离石门不远，于是在长沙埔熬了一夜后，次日一早他们便来到了贺婶家。名不虚传，贺婶马上准备了饭菜给他们，饭后临别时，贺婶还告诉他们如何避开九堡一带的驻守敌军，万一遇上了又该如何认亲戚等。儿行千里母担忧，万般嘱咐记心头。虽经周折，但郑卫标与战友终于安全回到永丰驻地。

1946年，贺婶随丈夫定居澳门，于是贺婶澳门的新家以及中山南朗翠亨石门的老家都成了中共中山特派室的特别交通站。担任交通员的贺婶继续往返于澳门与五桂山，一如既往地完成组织交托的各项任务。

不幸，贺婶的身份与行踪终被奸细发现并告密，贺婶与侨居海外刚回来的丈夫往澳门执行任务途中被捕。敌人对她严刑拷打，逼她供出游击队的情报。面对敌人的威逼利诱，贺婶夫妇宁死不屈。为了中山的解放，为了新中国的诞生，一次又一次用生命保护游击队的革命母亲——贺婶，及其热爱祖国的丈夫甘华胜双双于1949年农历五月被敌人杀害。

几个月后，共和国诞生，五星红旗升起在解放了的中山上空。

战争期间，像贺婶夫妇那样，用自家宅子给游击队作为交通站或工作站的数不胜数，他们也像贺婶一样，即使被敌人发现也宁死扛着，绝不出卖游击队。在石门乡就有好几户，比如毛嫂和甘子源的哥哥，他们被土匪甘茂松告了密，随后就被敌人抄了家，毛嫂和子甘源的哥哥均被抓去蹲了两年大狱。

黄旭的儿子黄跃进曾随父亲来过此屋。黄旭对此屋深有感情，对儿子说："是人民群众不惜用身家性命保护我们，才使我们能在白色恐怖的敌后根据地站稳脚跟，有效地开展了武装斗争，取得胜利。"

黄跃进尚记得当时父亲黄旭对他说过的一件事。当年黄旭定点在此屋工作时，除了让毛嫂帮他送取一些信件、承担交通员的任务外，有时还拜托她去取些东西回来，她均完成得很好，一点都不会让人怀疑。

有一次，毛嫂受任，从山上挑两大箩筐东西下来。这两箩筐东西沉甸甸，毛嫂一进屋就说："哎呀，大臣①！你这些是什么东西？我从来都没挑过这么重的东西，挑得上气不接下气的。"

"哈哈，你打开不就知道啦！"说罢，黄旭顺手把门关好。

毛嫂将捆包好的绳子解开一看，不禁"哗"的一声，吓了一大跳，里头全是手枪、子弹及手榴弹，满满的两大箩筐。原来，游击队准备军事行动，行动前先将这些"军火"藏在毛嫂家。这下毛嫂也猜着几分，二话不问，赶紧就把这些"军火"藏好。

---

① 山里人称黄旭为大臣。黄旭在游击队联欢晚会上曾演过一出戏叫《钦差大臣》，他演的就是那个大臣，因此而得名。

1. 黄旭的儿子与毛嫂的孙儿（右）在毛嫂祖屋前合影留念，同忆长辈当年故事

2. 1947年底，土匪甘茂松向当局告发屋主毛嫂支持武工队，毛嫂被关进牢房，直至新中国成立

3. 毛嫂祖屋里的陈设原貌。几个古老玻璃相框里，还罩着已发黄的祖宗照以及几张褪了色的戎装老照片

抗日英雄甘子源

上小学时，我在父亲的书架上读过一本叫《三山虎血战》的回忆录，书中的主人公甘子源的英雄形象深深刻印在我的脑海中，至今未能忘怀。后有缘，我就读中山纪念中学时与其子阿波同出师门，70 年代我在中山县委工作，又时有机会在老英雄身边受教。

不久前老同学聚会，见到阿波，还意外见到这张从未发表过的英雄老照片，饭后茶余，话题便是萦绕我心中几十年的那张老照片背后的故事。

◎ 这是一幅珍贵的老照片，背景是当年三位抗日英雄在五桂山根据地的合照，左为吴当鸿，右为张奕，中间那位腰间插枝"快掣"的就是本文主人公甘子源，身穿衬衫上的"战斗英雄"字样依稀可辨

人仔瘦瘦力气大

故事从堡垒村石门乡的两次遇险说起。第一次是欧初和黄旭两位游击队领导在练屋村甘子源姐姐家里养病。有一天村头忽然传来喊声："日本仔入村啦!"

说时迟,那时快,甘子源赶紧把夹墙打开让欧初和黄旭藏好,自己也跟着进去了。夹墙里人屏住呼吸,听到墙外鬼子巴嘎巴嘎嚷着,甘子源姐姐鸡同鸭讲,过了一会,甘子源家姐来敲夹墙,"咯咯咯,咯咯咯!"一听这暗号"冇事啦,冇事啦!"甘子源赶紧就拉着欧初,黄旭出来了。

鬼子走了,欧初、黄旭却都走不动了。黄旭拉肚子,欧初"打摆子"(即疟疾,山区多蚊传染所致)。担心鬼子回头,甘子源当机立断,决定将他俩背出村,去邻近的翠亨村找杨伯母(谭杏)。杨伯母三个儿子(日韶、日璋、日超)都是游击队队员,她家被称为"游击队之家",到她家养伤最好不过了。虽说鬼子有一个小队就驻扎在翠亨村对面山的"红楼",却碍于孙中山先生威名而不敢造次,所谓"灯下黑"。

甘子源背他们从石门到翠亨村,少说也有四五里路,来回背了两次就是20里路。不过这次遇险,对于甘子源而言,只算劳其筋骨罢了。

第二次遇险在大象埔,那一次才算得上是险象环生,步步惊心。1948年11月底的一天晚上,寒风凛冽,细雨朦胧,黄旭和甘子源领着另外四位游击队员,其中两名是女卫生员,一名伤员,在石门的大象埔村"堡垒户"甘日钊的家中一边吃着芋头,一边谈工作。

谈得正起劲,忽然外边传来阵阵狗吠声与嘈杂声,"不好!"甘日钊冲回家,喊道:"我们被敌人包围了。"黄旭当即命令:"突围来不及了,马上进夹楼,警卫员和甘子源断后!"

隐藏在神龛阁楼里的夹层板幛迅速被打开,卫生员搀扶伤员先进去,黄旭和另一位队员弯着身躲进去就撑满了。幸亏甘日钊家的夹墙还分上下格，通常上格藏枪藏粮，负责殿后的警卫员和甘子源只能爬进去。门一关，就传来阵阵急促的敲门声。

甘日钊夫妇装着刚被惊醒，钊婶睡眼惺忪的样子开门。刚打开门栓，伪侦缉队的人一拥而入，厉声喝道："游击队藏哪里了？是快说！"甘日钊答："我们耕田的，哪里知道什么游击队。"

"给我搜，搜出来枪毙你的！"侦缉队楼上楼下翻箱倒柜，什么也没有搜到，悻悻离去。只剩一敌兵财迷心窍，凡见疑处搜得特别仔细，竟被他发现夹墙门一道小缝隙，被他撬开，千钧一发，黄旭和甘子源的枪口同时指着敌兵脑袋，黄旭小声警告他"不许声张，我们放你走，但如果你去报告，队长一定要你领着回来，到时我们就先毙了你，明白吗？"敌兵本能举起手，吓得声音发颤："听长官的！听长官的！"

甘子源生怕这家伙靠不住，想跟着把他干掉，被黄旭拦住小声说："沉住气，要掌握敌人的心理。那家伙只是求财，不会卖命。不要妄动，楼下还有甘日钊两口子，一旦惊动了其他敌人，会累及他们的生命。"果如黄旭所料，那个敌兵下楼后，不露声色，大家相安无事。

两次遇险，几十年后老战友见面说起，记忆犹新。20世纪80年代，旅美抗日华侨谢月英、谢月梅姐妹捐建的新石门小学落成剪彩，当年姐妹俩虽身处异国，却没少支持五桂山游击队，谢月梅还回来过。

这次二谢捐资办学，一如既往，心系故乡，善莫大焉。当年五桂山老战友纷纷到贺共聚。走在石门村道上，甘子源禁不住问黄旭："大臣，你还记得脚下这条路吗？""怎么不记得？当年就是你把我和欧初从这里背到翠亨村杨伯母家的呀。我记得欧初还夸你，说你人仔瘦瘦，吃番薯芋仔，怎会有这般大力气。"

"还说呢，背你们背到我脚都软，算你还记得啦。"忆起这段生死之交，彼此显得都十分动情。

起死回生

1945年5月8日，情报站站长黄旭接获情报，5月9日，日寇1000人纠合伪四十三师2000人分成六路，深夜从东、北、西三面潜入五桂山抗日根据地外围地带。其中一路人马300余人凌晨时分借着浓雾摸入南朗域内灯笼坑的一个叫"三山虎"山的脚下。

游击队立即在康公庙召开紧急会议，决定停止原定5月9日攻打近日杀害我民兵队长的伪县联防大队长"大胆雄"的计划，全力应付敌人的大扫荡。由周伯明、欧初、梁奇达带两个主力中队和直属队到五桂山南麓永丰一带迎击敌人，另一路由罗章有与杨子江率林伟干中队到五桂山北麓（今板芙一带）沿公路边游击运动，佯作南北呼应。其余各路机动作战，能打则打，不能打则扰。坚持原地作战，以分散敌人的兵力，令他们首尾不能相顾。此外组织精兵强将的猛虎队24人，在灯笼坑、白企、贝头里一带作迂回阻击。

◎ 老战士重访"三山虎"（右二为甘子源）

敌人深夜出发，5月9日清晨4时多接近灯笼坑。来犯者有日军100多人和伪军一个营。天蒙蒙亮，双方便在村口接火，枪声划破了山村的宁静早晨。

以少于敌人十倍多的兵力阻敌，其难度可想而知，战斗从凌晨4时开始打响，枪声一直响到天亮8时，日伪始终未能越雷池半步，反倒死伤30余人。正是猛虎中队一次又一次的勇猛阻击，为五桂山司令部的安全转移赢得了宝贵的四个小时。然而弹药已消耗了大半，敌众我寡，偏遇机枪出故障，猛虎中队的处境顿时变得严峻起来。中队长梁杏林当即决定率12名战士突围请援，阵地由小队长黄顺英带领10名战士继续坚守。

连续多次冲锋均被游击队顶住的日伪军，在天亮得到兵力与弹药的增援后，再度反扑疯狂进攻。坚守阵地的陈原班长和华添、杨桂等两名战士首当其冲，不幸中弹，陈原、杨桂当场牺牲，华添前额中弹，使尽最后力气，将步枪抛回战友，华添的步枪被战友拿回后也牺牲了。

所余兵力急向三山虎的山头强登，其间教官陈隆、爆破班长古柏松中弹受伤，相扶匍匐在一树下，向冲上来追击的敌人投掷手榴弹，掩护战友冲上了山头阵地。

持续冲上来的敌人将三山虎阵地团团围住，用步枪机枪疯狂扫射，面对日寇侵略者，英雄的游击队员无愧"猛虎"称号，以报国的忠肝义胆和以一敌百的勇猛无畏，血战"三山虎"，碧血染山头。战友们先后阵亡，弹尽枪哑，阵地上的猛虎中队只剩下小队长黄顺英，班长甘子源，机枪手郑其三人。他们相互聚拢，猛虎不落平阳，傲立"三山虎"！

阵地上忽然变得沉寂起来，日寇恐防有诈，不敢贸然冲锋。只是手榴弹的爆炸声，机枪的扫射声，变得越来越猛烈。枪林弹雨中，机枪手郑其选好角度开始还击，谁知手中的这挺油机枪突然不听使唤，打不到几发就再也打不响了。敌人一听枪不响了，马上又冲上来，郑其随手捡起一块石头敲枪不奏效，来不及，鬼子冲上来了。郑其死抱着那挺杀敌无数的机枪，面对鬼子的刺刀视死如归，抱着机枪牺牲了。

突然，甘子源觉得眼前一黑，随后便不省人事，当他睁得开眼时，阵地上只剩他和七八个正走过来的鬼子，此时"一对七"的他努力站起来，脚已不听使唤，于是忍痛把枪砸两截，使尽平生力气向其中一个军曹模样的鬼子扔去，又是一阵剧痛袭来，他昏死过去。朦胧中隐约见那日寇军曹拔出刺刀，咆哮着向自己的腹部刺了过来，其后就什么都不知道了。

这场血战结束后，部队打扫战场，只找回敌人逼近阵地一刻从后山坡冲了出去的黄顺英，却找不到甘子源，于是派人到大象埔甘子源家报丧。他姐姐一听，犹如晴天霹雳，连哭三天，把眼睛也哭瞎了。

◎ 甘子源

◎ 故地重游，甘子源（右一身材魁梧者）与战友、乡亲欢叙一堂

◎ 20世纪80年代初，作者陪中山县文联名誉主席甘子源（左一）与时任县委副书记陈振光（右二）一起接待广东省美协副主席黄笃维夫妇（中），访问在中国改革开放中率先创建的长江旅游度假村。当年"三山虎"血战中九死一生、在附近秘密养伤月余的抗日老战士甘子源，抚今追昔，沧海桑田，感慨万端（何廉／摄）

　　甘子源负伤昏死了三天三夜，醒来后，发现自己躺在一个废弃的棺材坑中，浑身是血，爬满了蚂蚁。醒来后，他口渴难忍，使劲爬出滚下山，又昏倒在山溪边，被一村民发现，报告游击队被救出。原来，那日本军曹最后的贯胸一刺不夺命,险离心脏三公分。鬼子以为他死了，谁知他命大，奇迹般活了过来，真是鬼（子）算不如天算。

　　甘子源死而复生的神奇消息不胫而走，不知怎么的，当晚就传到对面槟榔山红楼鬼子驻地。鬼子半信半疑，于是连夜进村。来不及转移出村了，也顾不上许多，大家七手八脚就把他抬到屋后的一个草棚粪坑里面，躲过一夜。第二天抬出来时，他满身爬满了粪蛆。

　　游击队立即把甘子源转移到濠头一位老中医那里处理伤口，后才转移到长江村养伤调理一段，再通过游击队与澳门友人的关系治疗了一个月后回部队，部队北撤时他作为伤员留守，其间曾回珠江纵队参加战斗，后留在中山独立团政委黄旭身边工作。

　　革命胜利后，甘子源转业一直在地方工作，先后任中山县委副书记、斗门县委副书记、广东平沙农场（后改为红旗农场）党委副书记、粤中船厂党委副书记、中山市政协副主席等职，他的英雄传奇故事一直为故乡人所传颂。

　　他曾写下《故乡感赋》，诗曰：

　　　　当年血战赤山冈，碧血殷红染故乡。
　　　　旧地重游情未了，思潮起伏忆忠良。

　　诗言志，老英雄写下了心中的无限感慨！

挺进"老虎窝"

引 子

位于珠江口的五桂山抗日游击根据地初创时期，曾有一支由罗章有（又名张民友，人称张大哥，领导六区游击队时称张民友部队）与黄智（又名黄衍枢）带领的游击队先遣队18人挺进五桂山，扎寨"老虎窝"打前站，克服重重困难，成为日后风起云涌的五桂山抗日史诗中的序曲。

"老虎窝"在哪里？为什么选择"老虎窝"？四分

◎ 2019年4月，珠江纵队老战士后代重访"老虎窝"

◎ 途经崖口，我们采访了杨锡洪老人，战士暮年，对当年参加村中地下党谭桂明与萧志刚组织的乡警队的活动记忆犹新。罗章有先遣队18人奔赴五桂山，连夜急行军的第一站就落脚崖口祠堂

之三个世纪之后，一众老战士的后代揣着缅怀英烈的"老虎窝"之问，沿着当年先辈的足迹，踏上探索之途，沿途走访尚健的老战士，重温了那一段红色岁月。

"老虎窝"，当地人原称"老虎坑"，"老虎窝"是因为游击队领导人中的两位老红军谢立全、谢斌先叫起来而逐渐在游击队中约定俗成的。位于群山环抱的五桂山心脏地带的"老虎窝"，是四面环山的一个山窝，有八条山路可通往八条自然村。

"十几个游击队员就住祠堂打地铺，由乡警队搬禾秆铺地下，以及负责放哨。那一晚正好是我放哨。半夜，忽见祠堂那边有个黑影晃动，我大喝一声，那人竟向我走来，边走边说'不用紧张，我是张民友，自己人。'近前时才见他肩背一支快掣枪，声音和蔼可亲，'哦，原来是张大哥巡更。'"九秩开一的杨锡洪告诉我们，当年他才十三四岁。

从小在翠亨村长大、游走在翠亨与崖口之间的杨维学烈士的孙子杨小涛告诉我们，他手指指向的两处就是当年鼎力支持游击队抗日的工商大户谭孔连的物业,其一是碾米厂,其二为诊所兼药房。谁曾想到,这两座闲置尘封、无人问津的物业,竟是当年为抗日出过大力的"功臣"。

崖口乡有着光荣的支援子弟兵的传统。当年郑卓、谭佩嫦等工商户,除每一造缴交抗日军粮外,还与部队合伙做生意。1944 年赞助抗日民主乡政府 10 万元,用来购买机枪 1 挺和长短枪 11 支,子弹 400 发,还送给部队白朗宁 2 号左轮枪一支。

穿行在小巷中的不速之客大声谈往论今,惊扰了一座老宅中的女主人出来查看究竟。得知来意后,女主人热情邀请我们进屋喝茶。原

◎ "老虎窝"八面来风,杨维学烈士之孙杨小涛介绍"老虎窝"的地形

东往简竹山、台水口里、亭尾、南朗等方向

往书房坳、翠亨、崖口方向

往田心、石门方向

东北往白企、兰山虎、灯笼坑等方向

老虎窝

西往小碑窝、直上五桂山主峰

北往福荻村、大鳘溪村、小鳘溪村、石岐方向

西往南坑美、深湾方向

西往大寮村方向,南往古氏祠村方向

◎ "老虎窝"地形示意图

◎ 走进崖口东堡开明
乡绅谭孔连的"米
机"所在地

◎ 谭桂明故居是当年的地下联络站，珠江纵队后代在此合影留念

◎ 老战士后代探寻"老虎窝"留影，右三为崖口开明绅士谭孔连孙子，右四为黄
旭儿子，右七为谭生女儿，右八为谭生女婿，右九为甘子源女儿

来故宅老主人正是当年那位开明实业家谭孔莲老板,这位女主人是他的孙媳妇。宅分两层,雅致大气。据她说,这座祖屋土改时曾被没收,多年后落实政策才退还……

时光倒流 77 年。

1941 年,抗日战争进入相持阶段后,中共南番中顺中心县委派谢立全、梁奇达实地考察中山县域内的五桂山后,决定将挂靠在九区国民党挺三支队梁伯雄大队的我党敌后武装力量的两个主力中队分批移师五桂山,建立抗日游击根据地,并将先遣队任务交由第一主力中队。

谭桂明(党代表)与卫国尧(主管军事)根据中心县委指示,委派副队长罗章有为队长,黄智(黄衍枢)为指导员,加上从九区及其他区抽调的队员郭润带、贺尚尹、贺文明、黄毅等共 18 人,组成先遣队打前站,挺进五桂山……

说到罗章有和黄智,上级用将可谓知人善任。罗章有是上栅人,耕田出身,1937 年参加革命,领路人为同村卢德耀,师从谢立全、周伯明两位战将,在战争中学习战争,善于学习与总结,几年下来,便练得一身本领,成为能征善战的指挥员。他辖下的“张文友部队”早

◎ 五桂山抗日游击队根据地先遣队队长罗章有(左)、指导员黄衍枢(右)

已声名显赫,只不过是鲜有人知张文友即罗章有,游击队里皆称他"张大哥"。黄智亦非等闲辈,秤砣虽小压千斤。黄智原名黄衍枢,长洲北村人,20 岁出头,1937 年在家乡参加战时服务团,次年入党。1939 年初参加在长洲黄氏宗祠举办的中山一区抗日游击干部训练班,随后受党组织委派到深湾月角村以小学教师身份发动村里的进步青年参加抗日斗争,并建立"更夫队"配合游击队的活动,工作开展得有声有色。次年回到长洲,带领长洲乡警队先后参加了中山县抗日首战"横门保卫战",以及夜袭"维持会"、伪自卫队等战斗。后乡警队编入中山抗日游击队系列,黄智任指导员沿袭此职,顺理成章之余也是在战斗中走上一个更大的成长空间。

1942 年 2 月,罗章有、黄智带领先遣队 18 人从九区启程,为避人耳目,连夜出发急行军,天蒙蒙亮便赶到五桂山区南麓的崖口,每人随身只带两件衫裤一杆枪,一切靠自力更生。

崖口在中山是抗日老区。1940 年 3 月 6 日,日寇大队人马从大涌、叠石、金钟、唐家等地登陆,向石岐进攻。一路日寇经过崖口附近时,就遭到共产党员谭桂明、萧志刚带领的崖口乡警队英勇袭击,曾一度大长乡人志气。

罗章有找到自己人,先在祠堂解决"一宿",迫在眉睫的就是解决"两餐",而且不是一日之计。18 个人你一言我一语便在祠堂热议起来,有的说去找人借,有的说暂时兵分两路,一路每天上山访贫问苦建立群众关系,同时察看地形,另一路出去帮工揾两餐。

"智仔哥,你有何智谋啊?"黄智正听着大家议论,冷不丁被队长将了一军。

"张大哥(罗章有),我一时虽也想不出什么智谋,但我刚刚听了大家议论,心中倒是有数的。18 个后生仔,有气力有枪,十八条枪

◎ 珠江纵队一支队队长欧初（右）与副队长罗章有（左）在新中国成立后再相逢

不是烧火棍，何忧冇米？"指导员似答而非，话中有话。

"哈哈，英雄所见略同。"指导员话音刚落，张大哥便提出了一个成人达己、一家便宜两家着数的好办法来。

二人一拍即合，于是立即通过地下党组织，由崖口出面请翠亨、石门的自卫队派代表来谈三地搞联防合作，先遣队担当主力，全权负责当地治安，由当地负责给养。本来这三地治安就复杂难治，尤其是三地连接处往往就成"冇王管"，现在有人出面担当，何乐而不为？大家初步达成了意向，等三方代表回去商复。

谁知次日接到三方答复，讲到银纸伤感情，三个和尚冇水饮，粮饷告吹。只好仍用民利公司名义，挂国民党挺三支队梁伯雄大队杨日韶中队番号以解决粮饷。

挂民利公司旗号其实是挂了一把双刃剑。因为在五桂山区，"民利"到处打家劫舍，早已声名狼藉，"民利"被骂作"民害"，导致村民误解，以为游击队也是匪类。先遣队只好住在田头的守望棚，或者砖窑等地，每天还要转移，疲惫不堪。

先遣队通过深入普查，知道山区群众深受日、伪、匪三重祸害，心有余悸。日寇经常来扫荡，不但随时以通匪为名枪杀村民，每亩田还要收100至150斤的军谷和军柴。伪、匪则沆瀣一气，巧取豪夺，欺凌村民。

国民党地方反动武装收田赋、"保护"费，每亩收50斤谷，而土匪则收"春费""开耕费"、牛票（耕牛保护费），对稍富裕的村民华侨家属则绑票勒索。山区群众后来虽然知道了先遣队的身份，仍心有余悸，不敢收留游击队员入屋，怕日后遭匪敌报复清算。其实，他们早就对日、伪、匪恨之入骨，抗日情绪高涨，这堆干柴只待点燃。

先遣队开始对敌情进行侦察，掌握日、伪、匪据点的兵力、武器和他们活动的规律。同时又了解了一些可以争取的抗日统战对象，如五区区长郑星池、六区区长林哲等。这些情况都为大部队开展下一步工作，制定对敌斗争的战略原则与具体目标、作战时机、策略等提供了重要的依据。先遣队了解到"三情"（民情、敌情、友情）之后，重新布局，制定策略推动工作进展。先遣队把开始时分散住入石门22条自然村的范围逐步扩大，延伸至邻近的上栅、那洲、水丰、南溪、翠微、里外神前、银坑、山场、会同及马溪旗岭等24条乡村（今划属珠海）。

一日，罗章有和八位战士到长江乡调查时，竟被误当土匪打，于是立即找到地下党派任的合水口里乡乡长刘震球。刘震球是旅美归国华侨，抗战初期就投身抗日救亡工作。当罗章有先遣队挺进五桂山来到合水口里时，他就组织民兵集结队帮助解决住宿和粮食。如今是"大水冲了龙王庙"，找到深孚众望的刘震球出马，自然是马到成功。刘震球一手组织起来的民兵集结队在后来的五桂山根据地武装斗争中招之即来，来之能战，战之能拼搏。多次考验之后正式入编部队编制，

◎ 甘伟光（左一）、刘振球（左二）、凌子云（右一）合影

命名"孔雀队"（新中国成立后，刘震球曾任中山县副县长、政协副主席等职）。

正是不打不相识，经这番折腾后，先遣队重点向村民讲解游击队"除匪保家，抗日救国"的方针，使村民对游击队的态度从误会到观望，渐至信任。石门有个华侨子弟叫贺南允，土匪放言绑架他。他便请人找到罗章有，罗章有即派人暗中保护，化险为夷，此事在坊间不胫而走。"张民友部队"除暴安民，大得人心，真正赢得村民拥戴，从而在石门乡逐渐建立起"堡垒户"来。

在村民的指引和帮助下，先遣队终于发现了五桂山心脏地带的"老虎窝"。"老虎窝"，其实就是四面环山的一条深谷，古传曾有老虎出没，故人迹罕至，当地住民鲜有到此。"老虎窝"距合水口里隔了一座 400 多米高的箭竹山，地势十分险要。

不入虎穴，焉得虎子？见到如此这般地形，罗章有一班人马不禁眼前一亮，异口同声，喜上心头。当即决定在此建立营地，于是马上分头作业，砍树的砍树，砍竹的砍竹，扎茅草的扎茅草，数天后一座像模像样的草寮搭起来了，大家终于有了自己的窝。"老虎窝"变身威震敌胆的"老虎营"，从此有了人气，升腾起炊烟，先遣队也终于告别了那段白天走村过坡，晚上成散兵游勇，疲于"拉窦"（找窝）的奔波日子。

话说回来，有一利则必有一弊。驻扎于斯，虽然相对安定集中，但其生活条件之艰苦则超出常人所想象。几十年后，罗章有在回忆这段日子时写道：

> 仅是蚊子的袭扰，就令常人无法忍受。特别是到了晚上更加难熬，战士们必须先找来干草和湿柴，然后混搭在一起烧，捂成浓烟阵阵，以烟熏蚊，然后再用被单或衣服从头到脚裹着全身才能入睡。先遣队克服了诸多困难，坚持下来，在地方党组织的配合下，积极向群众宣传除匪保家、抗日救国的道理。

> 当时中山在日寇、土匪的抢掠压榨下，人民生活贫苦，没粮食吃，饿殍遍地，石岐每天收路尸一百几十具。我们游击队的生活也极端困难，但群众也没吃的，我们不忍心向老百姓要粮。由于缺乏营养，战士中患夜盲症的日渐多起来，大大增加了夜行军的困难，白天用一小时行完的路，夜间要行通宵，原因是看不清路只能一个拉着一个走。

> 一次，我们奉命从"老虎窝"开进石鼓岭石榴坑（今五桂山区政府所在地）了解情况。临天亮时，我们进入古香林一间庙，

原准备从那里借些米煮饭，但庙里只剩下一个和尚，没有米借给我们，一时又买不到米。大家又饿又冷，只好在庙门前烧火取暖。门口有几棵假石栗树，一位战士拾了几颗掉下来的干果，把它煨熟了，吃起来很香。大家高兴极了，有六七位同志一连吃了几颗，不久，大家都叫头晕、肚痛、眼花，原来果子有毒。而另外七八位同志由于睡了，没有吃果子才幸免。我们一直躺到下午，多喝些水、稀粥和吃些生草药，精神才逐渐恢复过来，然后才取道长江乡秘密回到"老虎窝"。

抗日战争胜利后，原在中山活动的珠红纵队第一支队主力转移至东江，只留下黄旭带领 32 人组成的武工队，坚持在五桂山一带开展对敌斗争。他们发动群众，组织粉碎了敌人包括分区"清乡""剿匪"等多次大扫荡，直至中山解放。"老虎窝"这个先遣队开辟的营地便顺理成章地被武工队传承了下来。

武工队队员甘子源讲述了住在"老虎窝"开展对敌斗争岁月，印证了先遣队罗章有的回忆：

原来搭的棚已被日伪烧毁，武工队就挖山洞住。一个山洞住三四个人，洞内又黑空气又湿闷，加上蚊子、蜈蚣、蚂蚁"三多"。最可恶的是蜈蚣，到处乱窜咬人，咬得人身上又红又肿。有一次，我和黄旭同住一洞，睡到半夜，几条蜈蚣爬到两人身上，有一条钻到黄旭肋下，又不能动它，越动就越咬，只好任它乱爬，奇痒无比，直等它爬到手臂时才一手把它捏死。那一晚，两人都被蜈蚣咬伤，肿痛了好多天。

长时间住山洞令武工队员体质下降，发冷、生疮疥、生虱子

◎ 珠纵部队北撤后，留在中山坚持武装斗争的武工队队员麦红军（左一）与战友合影

等接踵而来，加上营养不良，发鸡盲（夜盲症）的也来了。患了夜盲症晚上行军看不见路，容易跌落深坑或滚下山去，敌人追捕时因此而被捕或牺牲。

先遣队决定在大部队未到之前先弄出点不大不小的动静来，以扬我军威，振奋民心。经过分析，大家认为选在石岐附近动作较具影响力。于是，罗章有便派在石岐郊区当过交通站负责人的黄毅（又名黄伟畴、国围）先行回去侦察。黄毅潜回石岐后，很快就寻觅到一个 "弄出动静" 的机会，回山里一汇报，众领导连声称妙。

3月下旬，卫国尧率领黄衍枢等十余人前往紫马岭隐蔽，伏击敌伪军车，战斗打得十分激烈，副排长黄毅不幸牺牲。在撤出战斗时，黄衍枢机智、果敢指挥队伍撤离敌伪强大的火力网，安全回到五桂山。

◎ 20世纪80年代，黄旭（右）、甘子源（左）相逢于中山市南朗镇石门村，在谢氏姐妹捐建的石门小学的落成典礼上高歌一曲

他还带领一个游击小分队，在东郊的小鳌溪伺机伏击过往的日伪军车，得手后便迅速返回。

此举果然令城乡震动，游击队名声大振。然而先遣队的副排长黄毅不幸牺牲，先遣队痛失战友。儿子牺牲在杀敌的战场，烈士母亲强忍悲痛，接过了儿子曾经战斗过的地下交通站重任，其深明大义的前仆后继令人肃然起敬。

先遣队（包括后来的部队）驻扎"老虎窝"历时两年，其间"老虎窝"还成为游击队新兵入伍政训与军训基地，培养出不少如柳兆槐（郑新）、梁杏林这样优秀的游击队干部。梁杏林、柳兆槐先后于1942、1943年间从地方抽调入五桂山，在罗章有中队从战士当起，先后在"老虎窝"受训了几个月，受训后又参加班排干训班，经过思想提升与战斗洗礼，一个当了猛虎中队队长，一个当了马成中队指导员。

日伪对五桂山的多次进攻扫荡。敌人发现了"老虎窝",却找不到游击队踪影,恼羞成怒,来一次就烧一次。敌人退了,部队又重回故地,再搭新棚,先后"拉锯"三次,按张大哥的说法,就是让敌人知道游击队是"野火烧不尽,春风吹又生"。

3月初,卫国尧先带一个小组到五桂山开展统战工作。随后,欧初、王鎏率第二主力中队70余兵马从九区出发挥兵五桂山。上山必经三区,而三区是"挺三"屈仁则、谢文龙天下。他们先到二区找到杨子江,让驻渡头乡的屈、谢的手下"大胆雄"释疑,最终顺利抵五桂山合水口里与罗章有先遣队会合。一周后,卫国尧带领的第一主力中队也按原计划移师五桂山。至此,我党领导下的抗日武装力量百余人在五桂山基本集结完毕,先遣队的任务圆满完成。

从中心县委决策、先遣队挺进五桂山驻扎"老虎窝"算起,半年时间不到,南北近百里,东西约半百里,幅员辽阔的五桂山抗日游击根据地初具人气。

中心县委派谢立全领导五桂山新根据地敌后武装斗争。谢立全乃延安派来的"抗大"大队政委、老红军,13岁从家乡兴国参加革命的儿童团长,长征中刘伯承部的前卫营营长,攻占遵义城前娄山关之役的敢死队队长。

谢立全到五桂山后,立即召集欧初、罗章有等大队领导及一些中队长商量如何开辟五桂山新局面。

欧初说:"一要征兵,二要屯粮,三要备武器弹药。"欧初读书人出身,高屋建瓴,不失儒雅。大家一致赞同,黄智更认为首要是屯粮解决给养,否则兵征来了无粮食亦枉然,并请缨回工作战斗过的月角村发动群众。后来,在黄智的联系和带动下,梁振昭、蔡祥、蔡吉、梁豪等也筹集一批款物,月角村"更夫队"还发动群众将积存下来的

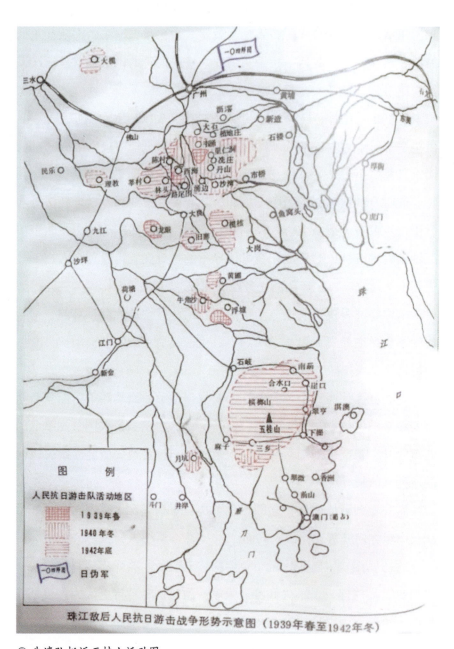

珠江敌后人民抗日游击战争形势示意图（1939年春至1942年冬）

◎ 先遣队挺近五桂山活动图

更谷挑运到三乡转往山区，当年共计贡献稻谷就达 8000 斤。

罗章有补充道："讲起征兵，我有一个主意，任务到人，让战士们回乡发动，一个老兵征一个新兵，原来两个主力中队加上零散，扩员一倍，根据地马上就能拉起一支 300 人的队伍了。"罗章有从打仗中学习打仗，积累下来，一矢中的。

"我们白马队队员立即回各自家乡发动，保证完成任务！"白马队中队长谭生拍着胸脯说。

这白马队长本名叫谭文佳，那洲乡人，个性倔强，七岁那年丧父后辍学，靠母亲独力维持一家四口度日。因不甘受欺与乡长儿子打了一场架，出了一口恶气后，只身经前山闯澳门谋生，后到香港打工，受到地下党的影响，积极要求进步，参加过香港中华书局工人大罢工，1939 年加入党组织，其后派往中山县参加抗日游击队，更名谭生，时年二十。

◎ 新中国成立后，战友们喜相逢，后排左二为吴当鸿，右一为谭生

◎ 在"老虎窝"隐没于山林绿野中的八条通道之一、通出大寮村的密路，老战士后代留影

谢立全听罢，连声赞道："好啊，新兵招来了后，首先要对他们作军训和政训，你们白马队首当其冲，给其他部队也作个示范。"随后便有了"白马队'老虎窝'练兵"一出好戏。

为配合武装部队建立根据地，地方党组织增派一批共产党员到五桂山区合水口、灯笼坑、白企一带乡村，以教师为职业掩护发展党员，建立党组织，开展群众性的援军活动。

游击大队初到五桂山，工作局面尚未打开，部队的给养十分困难。为了支援游击队，保证部队必需的生活，中共中山本部县委和各区的党组织千方百计筹集粮饷，辗转送入山区。

翠亭、石门、合水口里一带的群众,纷纷将家里的稻谷、番薯、南瓜、米仔头等送到游击队营地。

原第一主力中队中队长杨日韶的母亲谭杏知道儿子所在的部队进入五桂山区后,特意从翠亭送来500斤粮食支援子弟兵。后来,她知道游击队生活有困难,又连续4次共送来粮食2000斤,还将自己的金银首饰等贵重物品变卖折现,筹钱给游击队购买粮食。

五区区委派郑金文(健明)回乌石联络了陈萍、郑莹、那兰卿、郑佩华、郑琼,六位妇女,联合租了七亩田种水稻,收成的粮食除交租外,悉数送入部队粮站。

游击队设在郑吉家的粮食总站"米仓"日渐见涨起来了。

两三个月内,五桂山抗日根据地就扩招了百余名战士。白马队长谭生首当其冲,把45名新兵全部拉到"老虎窝",晚上政训,白天练兵。"老虎窝"一反往昔沉寂,人人同仇敌忾,个个如猛虎下山,"杀,杀,杀"声喊得震天价响,十里八里山和谷应。战士们苦练战场杀敌真本领,只待扬眉剑出鞘!

"亮剑",五桂山根据地开山第一战,意义重大,父老乡亲拭目以待,此是后话。

当年游击队二代归来重访五桂山"老虎窝",不胜感慨先辈选择"老虎窝",实在太高明!进可攻,退可守,还可撤,若非"老虎营",焉入得"老虎窝"?

今日欢呼"老虎窝",岂容倭寇再重来?!

◎ 如今没有了虎迹，没有了狼烟，五桂山只有绿水青山，只有金山银山，只有丽日蓝天下的人迹与绿野芳踪（萧亮忠／摄）

◎ 箭竹山上极富生长力的粉丹竹丛

开山亮剑

从九区转移进山的第一、第二主力中队先后抵达，又经过连日备战训练，围绕五桂山抗日游击根据地的"开山之战"摆上了指挥决策会议的桌面。

"虎口夺粮、夺武器！"谢立全先开腔："崖口虽然有支持我们的粮站，但随着根据地壮大，不能老向老百姓伸手，而是要向敌人要。围绕粮食、武器的首战必需胜利，既要震慑敌人，又要达到鼓舞军心民心的目的，当务之急要从敌人手里夺取一批粮食和武器弹药，以迅速壮大根据地实力。"

"先礼而后兵，我派人先去游说驻下栅联防中队的李芬，让李芬'明修栈道，暗度陈仓'，帮助游击队解决粮饷，秘密抗日。如何？"罗章有此提议，得到众人的一致认同。

派去游说李芬的人是"张文友部队"的手下"常败将军"、六区伪区长卓君乙。对游击队不敢说个"不"字的卓君乙找到李芬后谈不拢，回来传李芬所言。不听犹可，一听大家都气炸了，摩拳擦掌就要

◎ 下栅乡的蚝壳墙

拿李芬开刀。原来那李芬不像卓君乙，他一点也不将游击队放在眼内。还说："张民友（罗章有）如此嚣张，有本事就打过来问枪啰，打得赢，要乜俾乜！（要什么有什么）"

这李芬也不撒泡尿照照自己，他草包一个，靠巴结伪县长才当上中队长。而他的副中队长诡计多端，敲诈勒索、克扣粮饷，作威作福，仗着两挺旧式轻机枪和30多支步枪、几支新式短枪，便不把靠几支土枪起家的"张文友"当一回事。

五桂山抗日根据地"亮剑"的时刻终于到了。

虎口拔牙，目标锁定下栅墟，那里离日军近卫师团设在翠亨的司令部十里。经查实，日寇分别又在唐家、拱北、三乡和雍陌设据点。驻下栅墟的是伪军李芬联防中队，周围土匪活动猖獗。

"宰"李芬为首的这只"肥羊",敲山震虎,震慑其主子日寇司令部,不失为一着好棋。再者,下栅的商业多,市场活跃,物资丰富,可使日后五桂山根据地的抗日税源有着落。

情况了解清楚后,游击队便作出首战部署。擅长夜袭的谢立全负责指挥,罗章有担任冲锋队队长,欧初、黄鞅带领几十人作外围警戒和接应,以防唐家、石岐两方救援之敌。

农历三月下旬的一个晚上,月黑风高。9时许,罗章有率领第一梯队,黄智率领第二梯队当正面进攻。罗章有一马当先,带手枪队摸到敌营下栅祠堂,活捉了哨兵作"舌头",然后向祠堂掷进去一个手榴弹,谢立全扫一轮机枪跟尾。浓烟掩护下,冲锋队直入祠堂后座房间抓头头。房中大小头目还未反应过来,便在鸦片烟床上当了俘虏,其中有副中队长,两个排长和事务长。黄智(即原先遣队指导员黄衍枢,

◎ 这就是当年五桂山抗日根据地建立起来后的首战亮剑地——下栅金山书院伪联防中队驻地,下栅墟正街大祠堂旧址。糯米混蚝壳灰的墙体斑斑驳驳,弹洞痕迹依稀可辨(小图)

后调八区陈国坚大队任政治处副主任，后参加挺进粤中，屡立战功，不幸在一次执行任务中落入敌手牺牲）带一个加强班冲到祠堂大厅抓俘虏，卢少斌带一个班把守在祠堂后门，一个也逃不掉，包括正在洗澡的，也光着身子全当了俘虏。

这一仗打得利落，伪军一个中队除李芬人去石岐未归侥幸逃脱，其余悉数被俘，而游击队则毫发未损，缴得子弹1000多发、短枪4枝、步枪20多枝、机枪两挺。

◎ 上栅街市

◎ 20世纪80年代，罗章有携家人重返故地并与家乡父老乡亲战友相聚。前左二为罗章有，后左二为夫人谢月珍，后左五为战友梁坚，前右一为次子罗华生

当年逢墟日，上栅街市客来四方，南自前山、珠海，北至南朗、翠亨。上、下栅连成一片，农历一、四、七便是墟日，墟仔一条街，麻雀虽小，五脏俱全，米机、布行、茶楼、集市样样皆全，十分兴旺。今虽不如昔，人去铺空，但架子犹在，还可想象出当年的繁茂来。

打下了下栅，伪军存放在同丰米机店拟调拨供给日军的两万多斤粮食便换了主，成为游击队的囊中之物。游击队就近发动石门、永丰的农民去搬粮，搬出来后与部队对半分享。顺手又将与汉奸勾结的布店打开，取得土布、麻布一大批，游击队战士们做衣服的布料也有了着落。

一仗功成，毫发未损，五桂山抗日根据地的名声和影响不胫而走。抗日根据地长期的粮食、征税、甚至衣服后勤补给等问题亦迎刃而解了。

当年"亮剑"的英雄如今皆已作古，倒是在接壤的上栅祠堂，我们仍可看到当年这段历史的一些相关印证。

游击税站

十多年前回家乡参加祖祠重光，见到 80 多岁的堂叔黄日，席间问起当年上五桂山打游击事，第一次听到"游击税站"这个词，颇为新鲜，但不知所以然。席间不断来人向日叔敬酒，无暇多问，谁知以后竟没机会问了。

十多年后，终于有机会走访了日叔生前战斗过的地方，还有机会看到日叔生前诉诸笔端的回忆，从中找到了答案。

原来，"游击税站"是游击队在游击区范围内护境安民，保护农工商从业者，从而收取合理的税费充作军需粮饷，但征税没有固定场所，全在日伪眼皮底下进行，打一枪换一个地方，打游击般且战且收。

1944 年 9 月，日叔奉命从滨海区中队来到五桂山石莹桥参加税训班。十天后，便与蔡族、黄雾生、程康华等"同学"匆匆走马上任，奉命到翠微开辟游击税站，站长为蔡族。

为何选距澳门十公里不到的翠微？此地离前山的日寇据点才五公里，距茅湾的敌伪据点也不到十公里，简直就在敌人的眼皮底下，莫

◎ 黄日（后左一）当年在家乡青岗村的留影

非又玩"灯下黑"？

也是也不是。蔡族、日叔他们看中的是不少商贩从澳门运货到翠微，再中转到中山县域各地这条"水"。立足于翠微这个商贸集散地，机会多，税源有保障，但"水"深祸也大，应了一句老话：富贵险中求。

万事开头难。蔡族、日叔等化装成当地群众，从侦察入手，沿翠微、南溪一带的山路侦察地形、通道，并向过往的单车、货担商贩宣传游击队的税收政策，颇得人心。一些商户家族中就有亲人参加了游击队，都纷纷表示愿意支援子弟兵打鬼子，责无旁贷。有的商户还拿出在日伪海关交税的税单供游击队参考，还有的表示不等清货，就按预估货值计税先缴。

心中有数之后，蔡族与众人商定在翠微路段下手。天蒙蒙亮，小鬼程康华头戴一顶大竹帽，一副放牛仔行头，在翠微站附近的路旁高坡处放哨，一旦发现敌情，以摇晃竹帽为号，大家立即转移，你来我走，你走我来。如此这般与日伪玩起捉迷藏。

月未两圆，所获甚丰，悉数上缴游击队军需部。

日子一长，驻守在前山的鬼子嗅到了味道，游击队也得到了情报，知敌人正暗中策划，要袭击我军，但不知具体日子。

10月下旬的一天下午，蔡族、日叔等人正在翠微公路旁烈日下收税。点货、写单、收钱，忙得满头大汗，身上穿的粗布衫全湿透了。

擦汗间，日叔一眼瞥见高坡放哨的放牛"小鬼"，使劲挥动竹帽，再一看前山方向公路尘土大作，马上对正在交税的商贩说道："不用惊慌，生意照常，鬼子抓不到把柄是奈何不了你们的。"说完即往高坡上撤。

回眸看时，十骑全副武装的日军，气势汹汹已到翠微，隐约还见他们踢档口及闻他们叽里咕噜的喝骂声。折腾至黄昏，毫无所获，扫兴而归。

此后，游击税站声东击西，今次收税南溪、下次转到上涌，再次又折返翠微，总之变幻莫测，让敌人摸不着头脑。总之，你有翻墙计，我有过墙梯。

征税工作如常不误，又进行了半个月。打游击，与鬼子捉迷藏，税站常征不败，败就败在有汉奸告密。

一天中午，税站流转到南溪，正忙着，冷不丁见放哨的程康华又在使劲地摇竹帽，大家立即向村外的水坑路基撤退，身后噼里啪啦就响起了枪声，所幸敌人的摩托车开不进田基小路，只见七八个鬼子停了下来，七八支步枪和一挺机枪同时射击，子弹就在大家身边乱飞。

面对来势汹汹的鬼子摩托队，日叔他们以最快速度向村外的水坑路基撤退，没两分钟鬼子就追了上来，日军发现了目标，但摩托车却开不进水坑路。于是停下架起一挺机枪，加上七八条长枪齐发，子弹"嗖嗖嗖"地在日叔他们身边乱飞，打得泥土和打折的树枝树叶一地鸡毛。

忽然，日叔戴的毡帽"呼"的一声向前飞出，他下意识地用手捂住头，慢慢松开，及至看到手上没有血迹，便大声喊道：大家快跳落水坑，用坑基作掩体！

水坑的水不深，路基刚能挡住敌人的视线，敌人密集射来的子弹无济于事。过了一会，敌人见没有了动静，以为是一鼓聚迁，不无得意，鸣金收兵。

这边厢，日叔捡回毡帽看，果见近耳朵的帽檐被打穿了，"真是命大！"日叔感叹一声。无独有偶，话刚落音，程康华尖叫一声，原来他的衣服袖筒也被子弹射穿了，竟也全然不觉。

过了一段时间，税站又流转到南溪。中午时分，远远就见一班单车货商，满载货物，在车站前停下来，他们连忙走过去检货、写税单。此时来了一辆客车，七八个人下车，他们不进村也不卖不买东西，两只眼睛若有所寻。

程康华觉得这伙人几乎清一色平头，虽穿当地服，衣却不合身，不像当地人，他琢磨很可能是汉奸鬼子假扮的。于是便过来提醒大家"执生"（注意），另外车站上有几个单车仔也认出有据守前山的鬼子，特意过来提醒。

敌人就在身旁，立即撤退恐怕坐实了游击税站之实，不仅引起敌人的怀疑和追击，会有伤亡，甚至还会累及车站上的群众。站长蔡族决定将计，也乔装老百姓，把手枪、子弹、税本等就地掩蔽。蔡族将驳壳枪和子弹带丢在一个小食档的货架下面，随手又把挂在货架旁边的竹箕取下来向货架下一丢，刚好把手枪和子弹带盖住。

程康华的左轮枪来不及找地方藏，便背着日军，让枪顺着脚溜下地上，再用脚把地上的甘蔗渣拨成一堆遮盖在枪上面。日叔和郑雾生当时正背靠一个禾秆堆，借势反手就把手枪插进禾秆堆里面。随即大家便装着买甘蔗、削蔗皮，食蔗等若无其事，身旁的群众和商贩对敌我双方的真实身份都心知肚明，心照不宣。大家心情都非常紧张，其中一个蔗贩想砍一截甘蔗给日叔作掩饰，砍了几刀竟砍不下来。

接着又有七八个真鬼子骑着摩托车进站来，给这胶着的场面又烧了一把火。一名汉奸翻译高叫："你们当中有谁是山坑人，快自动站出来，有没有？若我们查出来，皇军一律将你们按通匪治罪！"

鬼子随后叽里咕噜地轮流盘问起来，包括游击队在内的现场群众个个"洒手兼拧头"（即摆手摇头否认）。鬼子见既问不出头绪，也搜不出证据。折腾一番后，"假百姓"不打自招，坐上真鬼子开来的摩托车一同溜了。

11月中旬，蔡族、郑雾生和日叔三人骑自行车从香洲出发到三乡，向军需部缴税款并汇报情况。路过南溪时，三人不约而同意欲顺手牵羊，多收一些税再上三乡。于是雾生在前，日叔和蔡族殿后，保持约百米距离。

先行到达南溪站的郑雾生，一眼就瞄到两部满载的自行车，货主颇眼熟，便走过去热情打招呼，谁知货主没吭声，却使劲向他使眼色，郑雾生一怔，止步回身用眼一扫，目光正与桥底和茅厕后面同时冲出几个日本鬼子撞了个正着。

几乎同时，郑雾生拔出左轮枪，向扑来的鬼子"啪"的就是一枪，可惜子弹擦肩而过。未等鬼子扑过来，郑雾生再开一枪，谁知这枪哑了，连放五枪都不响。鬼子见状，立刻蜂拥而至，拦腰将郑雾生抱住，夺了他的枪。郑雾生还想反抗，却被鬼子用步枪托重重地砸了一下，随即倒下。

目睹战友落入鬼子手中，日叔和蔡族心中火烧火燎，不惜冒险，立即掏出枪向鬼子射击，借此分散敌人的注意力，好让郑雾生伺机逃跑，无奈狡猾的敌人，留下两个人看守已被五花大绑、不能动弹的郑雾生，其余人马上向他们冲过来。日叔和蔡族二人不敢恋战，拼命向凤凰山方向跑去，一来进入游击区甩掉敌人，保住身上解往军需部的税款，二来找到在凤凰山活动的游击队白马队队长谭生，请他们出动搭救郑雾生，不巧白马队另有任务开拔了。

二人只好再转到香洲打探消息，刚好问到后来搭乘郑雾生的单车仔，才知鬼子当众将郑雾生双手合十捆紧，残酷地用刺刀从他的左手背刺穿到右手背，再用铁线穿起来拉着游街示众，血淋淋流了一地，惨不忍睹。郑雾生忍着十指连心之痛，破口大骂日本鬼子："你们侵我国土、杀我国民……我们部队一定打垮你们，讨回血债！"有个鬼子被骂火，一连掴了他几个嘴巴，郑雾生含着鲜血喷得鬼子满脸，继续又骂。

鬼子最后把郑雾生押解到拱北关闸，向他身上泼煤油，活活将他烧死了。

带着对郑雾生牺牲的巨大悲痛，日叔和蔡族从香洲连夜赶路上三乡，在五桂山石莹桥向军需部负责人陈文汉汇报。陈汉文接过沉甸甸的税款，沉痛说道："雾生同志为此付出了生命的代价，他的血不会白流的！"

领导指示着手开辟新的东坑税站，翠微站只作机动，敌人盯得紧时少去，松时多去。

经初步了解，东坑的群众基础好，与翠微站比起来相对安全，但缺点是到东坑做生意的客商少，税基窄，很难收到更多的税。

接到新任务后，日叔与蔡族、程康华三人前往侦察，却发现离东坑不远处的上涌路段来往经过客商反而较多，不如在这里游动收税，三人不谋而合。再者那里分岔小路多，一旦发现敌情时撤退也易。

正说着，两伙生意行头着装的人分别从两条小路向他们走过来，日叔和程康华交换了个眼色，大声喝道："什么人，干什么的？"

对方答："长官，我们是来买货的。"日叔一听，更觉不对路，厉声喝住："站住，不准向前！"谁知对方毫不理会，继续逼近，距离只有三四十米了。"再过来我就开枪啦！"听日叔这一喝，那几个家伙即滚到小路旁开枪射击。看样子是有备而来，于是三人一边开枪还击，一边向另外的小路撤退。

突然，从前山方向驶来近十辆摩托车，鬼子近20人，车未到，子弹已在耳边嗖嗖飞过。看这架势，双方在此驳火，敌伪不仅有备而来，而且还是处心积虑。"快跑，快跑！"蔡族一边殿后，一边催促。三人拼命跑，虽已入小路，日叔的左膝受过伤，跑起来速度不快，边跑边回看跑在后面的蔡族，眼看鬼子快追上了，蔡族钻入路边的厕所做掩护，向蜂拥而来的鬼子投掷出身上唯一的手榴弹，沉寂片刻之后，没被炸死炸伤的鬼子卷土重来，再度扑近厕所，又被蔡族的驳壳枪顶住，打中一人，又僵持了片刻，最后，鬼子见无法捉活的，便一连投进几颗手榴弹，厕所登时被炸塌，蔡族壮烈牺牲。

日叔和程康华远远看到了蔡族站长为开辟东坑税站奋斗到最后一刻。后来得知东坑税站开辟受挫，蔡族站长出师未捷身先死，完全是汉奸勾结日寇设陷报复的行动。

敌人的报复吓不倒游击队英雄汉，东坑税站前仆后继。程康华调回三乡，日叔继任站长，从白马队调来卢九、卢细补员东坑税站，再接再厉。明知山有虎，偏向虎山行。

◎ 这是革命老区挂牌仪式后合照。前排右六是黄日，右七是其堂兄三哥黄联安

◎ 当年，中山独立团十三连指导员杨秀英与战友在青岗升起亲手缝制的第一面五星红旗。半个世纪后的2009年，接受记者采访时，她心情依然激动不已（萧亮忠／摄）

◎ 白蕉围碉楼

附　记

我的家乡青岗较早时就有地下党活动，受地下党的影响，日叔是村中最早投身革命的青年之一，由于他的影响和地下党组织的积极发动，先后又带动了一批爱国青年投身抗日救亡运动和参加五桂山游击队，青岗也就顺理成章成为游击队的后方。据村史记载，当年游击队领导人林锵云、谢立全也曾来村考察过。

村里的白蕉围还是当年游击队伤员养伤的"沙家浜"。据我的四叔黄联江说，他16岁那年参加五桂山游击队，就是当年黄日陪游击队干部林伟干到白蕉围碉楼探望伤病员时，与他一番谈话后成行的，我的祖母送儿送到三乡雍陌村。

20世纪80年代，青岗村被评为中山县革命老区之，少小离乡的离休老战士们重逢，回首往事，不胜感慨。日叔后来在战斗中再度负伤，被组织安排到香港疗伤，伤愈后归队转战粤北，革命胜利后就地留任，任韶关市委副书记兼公安局长。

大谢和小谢的故事

当年五桂山抗日游击队有一对姐妹花，大家称姐姐为大谢（月香），妹妹为小谢（月珍）。日子长了，这"大谢小谢"叫响了，山里人无有不识，山外人也多有所闻。小时候我在翠亨小学读书时就听老师及父母提起，印象中就是一个红色传奇。多年后，我和弟弟与她们的子女成了同学或同事。

"大谢"的革命经历中，有一段发生在香港，她是我父亲当年在港参加地下党的同事。巧的是，离休后的"大谢""小谢"成了我岳

◎ 五桂山游击队中的"大谢和小谢"，左为谢月香，右为谢月珍，二人年龄只差一岁，曾就读翠小纪中（即翠亨小学与纪念中学）

◎ 爱国华侨谢锐明故居、当年石门乡农会旧址，是谢月香、谢月珍姐妹出生的祖屋

父岳母的邻居，而且还是同一老干支部成员。此前之耳闻目睹，后来之特别关注，红色传奇印象就渐次清晰起来了。

"二谢"的父亲谢锐明（金连）早年在美国檀香山经商，是香山南朗籍（包括南朗翠亨一带）华侨"四大都"同乡会创会理事该同乡会曾倾力支持孙中山领导的推翻清朝的革命。

1894 年，在孙中山领导的乙未广州起义前后，受孙中山的革命思想影响，谢锐明毅然结束生意回国，并受"四大都"同乡会侨胞之托，带了一笔捐款回来，交给孙中山作革命经费。

时逢第一次国共合作的大革命时期，孙中山的亲密战友廖仲恺亲赴中山的故乡点燃中国农民运动火种，并在九区（今黄圃、南头、阜沙、三角一域）指导率先创立首个农会，谢锐明积极参加了这场史无前例的农民运动，并被选为翠亨石门乡农会副会长。大革命失败后，他曾被捕入狱，后花钱托人情才得以保释。

在后来的抗日战争中，无论是侨居海外还是身居故乡，无论是捐钱、捐物还是身体力行，石门谢氏一家共赴国难，正是那个时代华侨海外赤子的真实写照。

据"二谢"后人说，外公外婆当年育有七女二子。女名月，子为日，巧作"七月伴日"。本来是一子的，后大舅父也要参加孙中山领导的革命，外婆便让外公续弦，再生个儿子守家业，才有了后来的谢日强小舅父。后来日寇侵华，中山全面沦陷，破巢之下，安有完卵？后来细舅父改名谢国强也参加了游击队。

◎ 罗章有与夫人谢月珍随东江纵队北撤山东前在香港拍摄

◎ 1947 年，谢月梅（中）受同乡旅美华侨重托，将侨胞们捐赠的款项带回五桂山，并与黄旭政委（右）及温清华等武工队员（左）合照留念

谢氏姐弟们沿袭老父亲大革命时期开立的家风，从抗日战争打鬼子到改革开放建设家乡，从无间断地为国家、为家乡作贡献，在故乡中山传为佳话。

30年后的1978中国改革开放元年，谢月梅率先回国支援家乡建设，从修路开始，到捐建学校、幼儿园、大会堂以及一系列公用设施等。30年前的这幅久别重逢老照片，翻开了谢家华侨爱国爱乡传统的新一页。

全面抗战开始后，谢氏姐妹双双转读迁至南屏的中山县联合中学（由石岐男中、女中以及师范联合组成，简称"联中"）。1939年初，姐妹俩入读联中高中，住在祠堂里（女宿舍），认识了同宿舍一个叫王丽华的女同学，得知她是抗先队（中山县青年抗日先锋队）联中独立大队的人。姐妹俩早就心仪抗先队，于是就请求王丽华介绍，王丽华十分爽快就答应了。

◎ 后排左起，一、二为黄旭父子，三为谢月香，四为梁冠。前排左起，一为谢月梅，二为方群英，三为黄旭小女儿

第二天晚上，王丽华带谢家姐妹到另一座祠堂（男生宿舍），进门后见几十个青年学生正在开会，有男有女。一个叫刘庆常的高三年级的男同学正在作国内外形势的演讲，讲者头头是道，听者句句动心。

随后，王丽华把姐妹俩介绍给抗先队负责人马国英、杨柏昌，他们表示十分欢迎，简单说了几句，勉励一番，让填个抗先队申请表，就算加入了。

参加抗先队的姐妹俩如鱼得水，就像生活中的另一扇窗被打开了，她们看到窗外的另一番景象：这是一班有才华、有理想、有抱负、怀揣"天下兴亡，匹夫有责"大志，在一起奋斗的热血青年。

岂曰无衣，与子同袍！姐妹俩无比兴奋，马不停蹄跟师姐师兄一起研究下乡工作和排练节目。几天后，姐妹俩就下乡了，先去南屏附近的灶背、吉大等地，后又去坦洲，唱抗日歌曲和表演街头剧《放下你的鞭子》。

◎ 这是1985年旅美爱国华侨谢月梅以纪念父亲谢锐明（金连）名义，捐建在家乡的石门会堂落成典礼

◎ 阔别多年的谢氏姐弟重逢聚首于改革开放中的石门会堂揭幕日，左起一、二、五为当年在五桂山打游击的谢国强、谢月香、谢月珍，三、四、六为旅美爱国侨胞谢月爱、谢月瑛和谢月梅

◎ 当年游击队领导欧初、罗章有、黄旭等，中山市领导谢明仁、李斌等与各界人士纷纷到场祝贺

◎ 前排右三是当年"二谢"在联中听到那位高三年级演讲者刘庆常，曾任中山县委宣传部副部长及人大副主任等职，前排右四是原中山县宣传部部长、市政协副主席、中山市老战士联谊会副会长陈占勤。陈占勤是当年大学投笔从戎、粤中纵队第七支队海外交通站负责人

　　参加了抗先队的姐妹俩一发而不可收，她们连周末甚至寒、暑假都不回家，积极参加抗先队组织的各种社会活动，上山下乡宣传抗日救亡。一支由 40 人组成的队伍一路高歌：

　　　　唤醒不愿意做奴隶的人们，

　　　　唤醒大沉睡的大地。

　　　　我们是抗日的先锋，

　　　　我们是青年的游击队，

　　　　生长在珠江畔，

　　　　战斗在南海边。

　　　　为保卫肥美的稻和桑，

为收复失去的家园，

我们要同鬼子决一死战！

从南屏联中出发，前往那洲、翠微、前山、湾仔……宣传抗日救国的行列中始终少不了谢家姐妹的身影。

1939年冬，中山县抗先总队部开会，要求各大队派代表参加，联中抗先独立大队派出的五名代表中，除了杨柏昌、唐秀英外，还有谢月香和其他两位同学。

从南屏坐花尾渡去石岐，一路上谢月香的心情十分激动。买票时，售票员看到她们胸前佩戴着的抗先队证章就说："你们是公仔队（抗先队徽是人头图案）的，坐船坐车免费。"问何故，售票员说："公仔队顶呱呱，横门一战打得日寇满地爬！"

◎ 中山县抗先队巡回演出街头剧《放下你的鞭子》

1940 年初，姐妹俩同时入党，不久中山全境沦陷。同年 3 月 5 日，联中迁往澳门，姐妹随迁续读。当年"三八节"最是难忘，本是妇女节日，却十分伤感悲怆。

那一夜，抗先队十多个女同学一起。默默坐着，不知是谁小声哼起一首《松花江上》，接着一首《黄水谣》，越来越多同学情不自禁地小声跟唱起来："自从鬼子来，百姓遭了殃，奸、淫、烧、杀，一片凄凉"，一声一泪，一泣一腔，惊动了旁边的男生们也和唱起来。当唱到"扶老携幼四处逃亡，丢掉了爹娘，回不了家乡"时，同学们再也控制不了内心的悲伤和愤怒，唱到后来竟然放声大哭起来。

"过节"变成了声讨，控诉日寇暴行，同学们无不切齿痛恨，谈到各人身世处境又无限悲凉。抗先队员们个个义愤填膺，恨不得能快些参加游击队，打回老家去，和敌人拼个死活。

1941 年"皖南事变"，国民党反动派将枪口对准抗日的新四军，激起了青年学子的强烈愤慨。组织在进步同学中悄悄进行募捐，支援新四军。姐妹俩一起写了一封长信给在夏威夷的姐姐，晓之以理，动之以情，动员她向五桂山游击队捐款，并告诉姐姐毕业后准备回五桂山打游击。姐姐很快就回了信，说已筹集到 500 美元寄香港中国旅行社转交，信末特别嘱咐谢月香毕业后要先去香港读大学。

是年 6 月，谢月香毕业了，她如实向党支书马国英汇报，并表示了返五桂山打游击的决心。谁知马国英听罢，却赞同了美国姐姐的意见，说道："我党需要培养人才，也要有人去大学工作。但这都需要条件，除了要有像你这样高中毕业的学历，还要有钱读得起。现在，你两个条件都全了，打着灯笼也难找。组织的意见是要你去香港读大学。你们姐妹在抗先队工作的积极表现，有目共睹。再说，你妹妹谢月珍的身份已暴露了，正好随你去香港继续上高中。

就这样，姐妹俩带着 12 岁的弟弟又一起去了香港。在深水埗租了一间十平方米左右的房子住了下来。当时家乡已沦陷，谢氏姐妹的母亲有一段时间也来港跟他们住在一起。

姐姐谢月香入读香港广东国民大学文科专业，与同班的另外两位党员同学组成一个支部，谢月香任宣传委员。不久，学校成立文科专业学生分会，谢月香当选为主席。与此同时，妹妹谢月珍也入读了香江中学。

眼看姐妹俩在香港的学习与工作都有了着落，人生也有了新的目标，谁知好景不长。突然有一天，轰隆一声巨响，一切憧憬顿成泡影。只见弟弟从学校慌慌张张跑回来，上气不接下气地说日本飞机轰炸香港，炮火连天，整条街乱成一锅粥。

原来东南亚和香港也相继沦陷了，学校停课，交通阻滞，香港成了"死港"，每日数万人逃离。侨汇中断了，姐弟三人一向靠姐姐从美国寄钱回来也断供了，只得街边摆小摊，勉强度日。

过了一段时间，原学校党支部书记杨柏昌找到了她们，带着她们和几个同学，跟随中山难民逃离香港。姐弟三人轮流背着一张棉被，白天成群结队行路，晚上就睡在土坡或乡村街道旁。每天两餐靠宝安、东莞的慈善机构及东江纵队发动组织群众发放的粥充饥。

苦行七天，终于回到石门老家。其时父母双亡，老家也是泥菩萨过海——自身难保，姐弟三人只好分头投亲靠友。七姐八弟投靠远嫁三乡雍陌的二姐谢月容，二姐夫惨遭敌人杀害，遗落孤儿寡母，餐餐薯苗煮粥充饥，如今五姐六弟来投，只能往锅里多添两碗水，四姐则去沙溪投靠同学。其实，家家都有本难念的经，也都是"乞儿兜里揾饭食"罢了。

不久，姐妹联系上地方党组织，才真正回到了"家"。而部队也正需要像姐妹俩这样参加过抗先队，又有理想、有文化的爱国青年投身到抗日救国大业中来。部队为她们分别在石门和灯笼坑安排了一个小学教师的身份掩护，而在游击队内，大家都亲切地称谢月香为"大谢"，称谢月珍为"小谢"，久而久之，"大谢小谢"就成姐妹俩人的代称。

不久，中国人民持久的抗日战争进入战略反攻阶段，战局逆转而不甘失败的日寇比以往更为疯狂地反扑。小谢所驻的五桂山区便成为首当其冲的"眼中钉"。

在日伪勾结对五桂山进行"五九"大扫荡、反复围剿的三个多月里，小谢和民主政权的同志与部队一起，白天戴竹帽披蓑衣与敌人满山周旋，晚上露宿山头蓑衣当席帽盖头，只是女同志多扎一个假髻以防万一，果真是这个假髻千钧一发时刻奏了效。

那是7月下旬的一个黄昏，部队收到驻南朗情报站送来的情报，称是晚日伪约200人前来偷袭。晚饭后，小谢来到曾谷和刘震球等"岳阳楼"（五桂山民主政权代号）同志商定，住址必须变更，立即转到合水口里笃箕环村后山。小谢即通知乡长和妇女主任，分头布置各村长及妇女积极分子发动群众"坚壁清野"，随后又到民兵集结队安排好埋地雷的地点与时间。

晚上9时许，小谢按约定地点赶到后山与曾谷、刘震球等同志会合。可是到了后山，却不见人影。小谢想，一定是部队计划有变，来不及通知，情况紧急，若去找部队，万一碰上敌人，倒不如混在群众中。说时迟，那时快，小谢马上从衣服里掏出那个假发髻，三下五落二扎好，匆匆忙忙就跑到堡垒户甘崧婶家，甘崧婶开门先是吃了一惊，定眼再看，认出是小谢，高兴极了，忙招呼入屋安排妥当。

当夜无事，天还未亮透，甘崧婶就出门望风，这一看吃了一惊。原来周围田野、路口一带已布满日寇的哨兵。

甘崧婶毕竟是个见过场面的人，她十分镇定返回屋里，一边帮小谢假装梳头弄（假）髻，一边和小谢对口供。忽然，从背后山传来阵阵枪声，不一会，几个"萝卜头"（日寇）抬着一个伤兵入屋。跟着就把屋中的崧婶、崧婶的两个儿女和小谢赶了出门。

敌人把她们及邻居共七个人死死捆着，一边用皮靴踢她们，一边用刺刀在她们眼前晃来晃去，逼她们说出游击队的下落，但始终无人吭声。敌人只好又把这七人拉到"岳阳楼"即凌子云同志住过的碉堡里。

堡内关有一屋子人，都是早上到南朗圩路过合水口里时的石门乡人，莫名其妙就被敌人扣住，尚未被绑。大家见小谢被捉，十分惊愕，其中一位认识大谢小谢的阿婆，抚着小谢的手臂，叹了口气说道："唉，怎么你也被拉入来了？"

小谢小声嘱她，如能先出去，请告诉月香姐自己还未暴露身份，会想办法逃脱的，请她们放心。说罢，让阿婆帮她把被反绑着手的绳子松了些，以便被押往南朗途中的小溪树丛逃脱。

此时，敌人在几条村子里放的大火熊熊燃烧，乡亲们眼睁睁地看着自己的家园化成灰烬，浓烟滚滚，心中的怒火难熄。

一个多小时后，敌人把那几十个石门群众赶出门，要他们把抢来的粮食、家禽、衣物等东西担到南朗敌营。敌人把从崧婶家拉过来的七个人押到村南两间大屋前，一个个捆绑在窗门的铁枝上，然后逐个拉入厅堂审间。

第一个被审的是甘崧婶，敌人先是用枪托打她的头，撞她的心口，问她游击队去了哪里？

"他们去哪里，我怎么能知道，他们来时来，走时走，没个准，要不怎样叫游击队呢？"甘崧婶这话真把敌人噎住了。于是又问："在你家的青年妇女又是谁？"崧婶又答说："是我女儿呀，刚死了老公

◎ 在石门乡，我们探访了谢家的小儿子，年过九旬尚健的游击队老战士谢国强（前排中）。中山沦陷时，姐弟三人相依为命，艰难度日。谢国强后随姐姐参加了游击队

回来家住，不行吗？"

"看你年纪不大，怎生得出这么大的女儿？"

敌人步步追问，却问不住崧婶的机智与灵牙，只听她叹了一口气，说道："全村人都知道我命苦，给人家当填房。"

甘崧婶的镇定与机智终让敌人看不出破绽来。此时窗外传来枪声，原来是游击队集结在村后与敌人驳火。来者不善，日寇顾不上审讯，匆匆就撤退了。

一个70多岁被日寇拉来煮饭的老大娘，立即找来菜刀，将小谢一干人绑在身上的绳子割断，大家迅速夺门而出，一口气跑到很远的一个山窝里。原来这个小山窝坐满了从合水口里乡逃出去的乡亲，大家终于与刘乡长他们会合了。说起死里逃生的一幕，彼此不胜唏嘘。

1942年农历八月的一个下午，游击队安排大谢在灯笼坑小学当教

师，但真正肩负的使命是开展群众工作，支持游击队抗日救国。小学就设在大谢泥屋旁的小祠堂，有30多个学生，一年级到六年级的都有。上一年级的课时，其他年级的学生就安排抄书、预习或做作业。

白天教书，晚上开夜校，在大谢看来早、夜校的教学都是正业。白天教六个班，放学后要改六个班的作业，晚上随便对付一口饭后，马上又接着开夜校，教小学来不及改的作业还要放到夜校结束后再接着批改，一点也不能马虎。

晚上来的人更多。听说村里小学来了个女大学生，能说会唱，村里青年早就盼开夜校了。故这夜校一敲钟，村子里的青年几乎是能来就来。夜校办得十分出色，丰富多彩。除教识字，还教唱《松花江上》《团结就是力量》《游击队之歌》等抗日救亡歌曲，寓教于乐。

能说会唱又同声同气的大谢就是一块磁铁，每晚都能吸引当地青年来夜校上课，接受进步思想陶冶。大谢通过与他们的互动交往，逐步将他们发展吸收为党员，同时动员青年参加抗日游击队。大谢身边很快就出现一批抗日积极分子。

有两男一女从澳门培侨中学初中毕业回来的青年，很快就成了谢月香的知心朋友。受谢月香言传身教的影响，他们的思想觉悟提高得很快。不久，两个男青年到刘震球的集结队集训三个月后就参加了抗先队，并入了党。那个叫黄彩娥的女生很快就成了谢月香的好助手，许多个晚上，师生同坐一张床彻夜长谈。后来

◎ 穿着传统客家女服装的谢月香

谢月香送她到部队训练班学习三个月后介绍她入了党。不久，谢月香调合水口里，黄彩娥就顺理成章接过了棒。

还有一个女青年叫黄木兰，家境较好，家人害怕她到部队后，家里会遭敌人报复，因此不让她来读夜校，晚上早早就关上大门不让她出来。然而，黄木兰却想方设法每晚必到，晚了回不去，干脆就在学校厨房草堆里过宿。黄木兰平时还偷偷帮谢月香送文件、送情报。半年后，她去参加部队的妇女干部学习班，回来后谢月香便介绍她入党。最后她走出了家门，与李瑞英一起搞民运工作。

又如黄顺英，一个通过来夜校学习、提高了觉悟、经谢月香介绍入了党的当地青年，后来参加了抗日游击队，任"三山虎血战中"中的小队长，坚持打到最后。后来在解放战争中前往外沙执行任务时被敌人包围，黄顺英在带领另一名战士(外号"甩须仔")突围时壮烈牺牲。

由于大谢工作出色，1943年四五月间，上级把她从灯笼坑调到合水口里乡，在由六七十名男女青年组织起来的集结队(即民兵队)工作，大谢的主要任务就是通过从文化及思政方面提高这批青年的素质，使之成为刚建立起来的五桂山抗日根据地一支准游击队。

合水口里乡是革命老区，青年们对欧初、罗章有等游击队领导十分熟悉，有一种英雄情结。据曾驻合水口里乡的欧初回忆，当年合水口里的工作搞得有声有色，战斗间隙的文体活动也丰富多彩，他参加过晚会，唱过"咸水歌"，他还参加过军民篮球赛，还清楚记得当年那个在球场外来回捡球的少年向他要求参加游击队。欧初当时哈哈一笑，叫他长大再来。这个当时不足13岁的少年后来参加了游击队，担任中山县青年团委副书记(谢月珍任书记)，再后来当了广东省副省长。他的名字叫凌伯棠。

当年谢月香驻合水口里乡时，第一件事就是请游击队英雄给青年人现身讲故事。谢月香写了个简短报告，设法让人转交欧初大队长。欧初欣然应允，但因事不能赴会。不料这临时换角，却点燃了一番轰轰烈烈的爱情来。

替换欧大队长的角色亦非等闲之辈。他叫肖强，高大威武，风华正茂，看上去也就二十七八，参加"广游二支队"已两年，英勇善战。著名的西海战斗中，他率领一个中队担任阻击，打退了李郎鸡派来增援的炮兵和两个步兵营。在历次战斗中，他也是屡立战功，如今已是副大队长。虽是战将，却是文科出身，小学毕业就到香港谋生，还学过拍电影，见过不少世面。

谢月香也和同学们一样第一次见肖强，可她却生出了一见如故的感觉。只见讲台的肖强笑眯眯地自我介绍，是受欧初大队长之托来给大家讲课的。

肖强声音洪亮，带有浓重的东莞口音，他讲述的游击队生活和战斗故事，让青年们包括大谢都听得入了迷，而且听犹未足。后来，每隔十天八天，只要游击队没有调防，肖强就准时来给青年们上课，谢月香和她的学生们同样翘首以望。

渐渐的，肖强与谢月香之间的话题便多了起来，课前或课后，肖强应约到学校小厅把最新的国内外大事以及部队近况说与谢月香知晓，边说边用一支墨绿色的派克水笔在本子上写写画画，一如他讲课时总要在黑板上写出大纲细目。肖强让谢月香好好消化、掌握这些信息，以便他若来不了时，谢月香也能上台讲授，不耽误学生。

此后，部队有新任务交给大谢，就找肖强传达。有一回，部队几位领导同志断了炊，便通过肖强找大谢向群众借了几斤米。肖副大队长俨然成了"传令兵"，省了一个通讯员的差。写到这里插一句，当年我四叔黄联江参加五桂山游击队"小鬼队"，在司令部当跑腿（通

◎ 探访当年给谢月香送过信的通讯员黄联江（黑衣坐者）

讯员）跑的正是石门、崖口、南朗、合水口里这条线。2018年，我的四叔携家人从美国返乡探亲，在给他洗尘的"王草餐厅"，他给我们讲述五桂山往事时说，当年他就给在合水口里工作的谢月香送过信。

几个月下来，肖、谢之间的接触多了，便从工作谈到了生活。原来，肖强此前曾有过一段不长的婚姻。当年他离家时，家里要他先结婚才同意，他答应了。结果一年后，妻子生了个男孩不久就去世了。

肖强爽朗的性格、身上带有的英雄气质及雷厉风行的行事风格深深地打动了谢月香。而谢月香对工作火一般的热情，对同志、学生春天般的温暖，以及身上所带的书卷气对肖强也无不吸引。肖、谢之间的爱情就在忙碌的工作与战火间隙中悄悄萌发，在上级和战友关怀创造的条件下迅速升温。

这是一对在战斗中相互吸引的红色恋人，没有花前月下的卿卿我我，却有战火中相互砥砺的过命情缘，顺其自然，瓜熟蒂落。

1943年10月，组织批准了肖强和谢月香结婚。没有婚纱，更没有婚礼婚宴，一切悄无声息。即便是游击队内部，所知者亦为数不多。

几天后，游击队接获一个情报，伪军四十三师派出一个营的伪军护送1000多名学生，从石岐到翠亨去办训练班，强迫他们参加"军官训练团"。谢立全、谭桂明、欧初和肖强等游击队领导认为这是一个很好的战机。于是就近调集了刘震球的中队在崖口东线岐关公路南北两头布控，以防前山拱北和石岐两地驻军的增援。

谢立全、肖强、欧初带队跑步前进，天黑前就来到崖口旁边的公路两侧，在约十米处的小山坡埋伏好。谢立全、欧初和肖强选了最靠前的一个阵地作前沿指挥，意在打一场让敌人措手不及的伏击战。

这一仗打得十分漂亮，速战速决，战果显著，敌人死伤20余，缴获机关枪一挺，掷弹筒一个，步枪20多枝。可谁也没料到，肖强却在战斗中大腿中弹受伤，流血过多而牺牲。

这个消息当夜就传到了新婚才三天的谢月香耳中。是晚，夜校下课后，余华娇（入党发展对象）就住谢月香宿舍，大约午夜一点多钟，她俩被一阵嘈杂声惊醒，推开窗门，见街上有不少乡亲。余华娇一眼看见弟弟，大声问究竟，弟弟嚷道："部队打大胜仗啦！缴获许多枪支。可惜肖队长被子弹打中大腿，流了许多血。"

听此晴天霹雳，谢月香傻了一般呆坐床边。又听到余华娇追问弟弟："你怎么知道？"弟弟说："我们正在小店聊天，见到部队同志扛着战利品回来，也抬了一副担架，肖队长躺在担架上，部队同志说肖队长流血过多，已经牺牲了"。

谢月香听到此，犹被重锤击头，差点昏死过去。她呆呆地靠在床头，说不出声来。而余华娇已哭成泪人："哎呀，肖队长，你这个人多好啊，人又和气，讲课又生动。这么好的人怎么就牺牲了呢？天啊，不公啊……"

余华娇哭诉的每一句都是谢月香心里的话，但她哪里知道肖队长就是视她如妹妹一般的月香姐新婚没几天的丈夫啊！她不知道谢月香心里该有多苦。谢月香满腹苦水不能哭出来，只能强忍着往肚里咽，她还要坚持工作，不能因此而暴露了自己游击队队员的身份，甚至不能在人前如余华娇那样哭恩师。

翌日上午，谢月香和余华娇到肖强原驻扎的那个村子找学生探听消息。刚到学校，村里上夜校的那几个学生就围拢过来，十分悲痛地说："昨晚部队在崖口打了个胜仗，缴获了伪军许多枪支。但可惜，我们多好的肖队长却牺牲了。"有个学生还说："我爸爸杀了一个公鸡，敷他的心脏也救不过来，失血太多了。"听到这些，谢月香的心像被刀割一样，但她知道，必须控制自己，不能哭，更不能倒下。

中午，肖强的警卫员来取肖强的葬礼服，谢月香取出那套几天前才换洗下来、叠得整整齐齐的大成蓝衫裤，交给了警卫员。想着自己

◎ 1950 年中共中山县委委员合影，前排右一为谢月香

不能亲自去送，心里不禁又涌起了阵阵痛楚。

下午，谢月香强打着精神回校给学生上课，放学后，一个人孤零零地站在学校门口，遥望远山斜阳，直到余晖散尽。

晚上，她照样回到夜校，听说肖队长牺牲了，大家都没了心思。有人提出干脆开个悼念会，大家一致同意，立刻就对着讲台站成两排。没有遗像，肖队长的音容笑貌犹在。默哀时，几十个青年男女哭成一片，声声抓心，此时的谢月香，再也忍不住了，压抑多时的感情顿时爆发，像决了堤似的泪水夺眶而出。

谢月香强忍悲痛，代表学员致悼词，几乎是一哭一腔："肖强队长，您为抗日救国牺牲……您是我们心中的英雄……您的教导……我们永远铭记心中，您未竟的事业……我们完成……"

两天后，谢月香到刘震球处接收肖强弥留时让欧初替他转交自己的一支墨绿色派克水笔以作纪念。睹物思人，见笔如面，谢月香双手紧紧握笔，泪奔如涌，身子不断抽搐。终于，她无法再压抑自己，在战友面前放声痛哭了一场。

1946年至1948年2月，"大谢""小谢"和珠江纵队的多位战友先后转驻香港，谢月香被安排在地下党领导的香港香岛中学任初中班导师兼女舍监。在此期间，谢月香与新老战友共同组建了侨港中山青年联谊会（简称"中联会"，老战士称之为"珠纵小分队"），团结广大中山籍爱国进步青年，凝聚力量，继续支持内地的解放事业，作出了新的贡献。

不久，"大谢""小谢"先后奉命回到中山县，回到五桂山参加迎接中山解放的系列重要准备工作，后来又参加了新的县委领导班子。谢月香先后任县委组织部部长和妇联主席，谢月珍任县委宣传部部长、团委书记。

◎ 余华娇的女儿（右一）在迎新会上，见到与母亲同出师门的文强叔分外亲切

◎ 余华娇，"二谢"在五桂山区开办夜校培养出来的游击队优秀女干部

◎ 香港"中联会"后代与老前辈文强叔（前左一）合影

尾 声

戊戌岁晚,当年老战士后代百余人分别从港澳、广州、佛山、深圳、中山、珠海等地齐聚中山,济济一堂,欢歌笑语,叙旧迎新。

聚会上,我意外见到了"大谢""小谢"的学生和学生亲属,他们的到来让本已热烈的气氛再次升温。

后来文强叔去了香港,参加了"中联会"的活动,老人家受到全场的热烈欢迎。

两日后,"大谢""小谢"的后人回到石门乡,来到30多年前谢月梅姨妈捐建的石门幼儿园,拜谒了落成于园中的"月香亭",犹记当年揭幕,海内外亲人齐聚亭前。

◎ 谢月珍与亲属回石门乡,在"月香亭"前留影

战斗在看不见硝烟的战场

　　1946 年 6 月，广东人民抗日游击队东江纵队北撤后，珠江纵队杨子江、阮洪川、吴子仁、甘伟光、张矛等干部以及部分战士奉命转战香港，根据中共华南分局华侨工委的指示，开辟一条没有硝烟的战线。由杨子江等人牵头建立党支部，领导成立旅港中山青年联谊会作为纽带，加强广大中山旅港青年与家乡的联系，以发挥他们在支持家乡各项事业中所起到的特殊作用。党支部指定李兆麟、冯彬、孙烈、黄茵等党员同志负责具体组织筹办。

后来，这支由珠江纵队的优秀干部在香港成功组建起来的旅港中山青年联谊会（以下简称中联），继承了五桂山斗争的光荣革命传统。中联组建后，在团结旅港中山乡亲、培养进步青年、凝聚民主革命力量、开展统战工作、向内地输送人才参加新政权的建设或参加全国解放战争等诸方面均发挥了积极作用，被喻作"珠纵香港小分队"。

经过一段时间的筹办，1947 年 11 月 22 日，中联在香港九龙香岛中学小学部召开成立大会。大会通过了《旅港中山青年联谊会组织章程》，选出了第一届理事会成员。李兆麟担任理事长，冯彬担任副理事长，缪筱泉（菁）担任监事。会员们还捐款集资，承接了中山乡亲转让的香港九龙深水埗北河街 32 号 3 楼作为中联会址。

◎ 旅港中山青年联谊会创办者部分成员的在港留影，左起黄茵、张矛、杨子江、缪菁、吴子仁、冯彬、朱碧

◎ 旅港中山青年联谊会第一届理事会成员合影

◎ 1983 年 8 月 7 日，旅港中山青年联谊会战友于深圳首度重逢。前排左六为首任
理事长李兆麟，后排右一为继任理事长李兆永，前排左二为孙烈，前排左四为
黄茵，前排右五为黄联安

◎ 香港中山青年联谊会为赈灾演出（1949 年）

1948 年以后，中联转由香港地下党青委领导、孙烈负责。后来孙烈北上，中联由欧曼欢、李兆永负责。

中联还创办了会刊，刊名由旅港的郭沫若先生亲笔题写，编辑工作由孙烈、黄茵和黄联安负责。该会刊主要反映会员的生活、学习和思想交流，以及各分会的活动情况，是密切联系会员的纽带，起到了宣传喉舌的作用。

中联积极开展各种爱国活动，比如捐献寒衣支援游击队、支援港九电车工人罢工募捐运动、认购爱国公债、选送干部支援华南地区解放战争、向国民党华南机关和有关机构寄发宣传单等。不少青年会员甘愿放弃优厚的工作待遇，主动要求回内地参加解放战争。

1948 年到 1949 年间，中联不断输送大批青年回华南战场。经初步统计，先后有 11 批近 200 人回内地，其中包括理事 20 人。这些会员活跃在各类文工团、青年团以及文教组织中。新中国成立后，他们在省、市、县各战线及政府机关中担任领导职务，发挥了重要作用。

右图是一张 70 年前的老照片，乍看只是一张普通的生活照，其实不然。它是一张 20 世纪 40 年代革命者的照片，记载了一段在香港这个看不见硝烟的战场上，中共中山党组织与民盟以及中联的协同作战，策反国民党军队兵不血刃解放中山的故事。

中山解放在即，黄旭身负重任来港。来港前夕，黄旭接到了中共珠江地委指示，解放中山要充分运

◎ 这张照片摄于 1949 年的香港。照片中前排左侧坐着的人是香岛中学创办者之一、中联创会理事、原五桂山游击队长、五桂山区民主政权副主任甘伟光，旁边坐着的抱婴者是他的妻子吴德婉，后排站立者为甘伟光的老战友、中山县委书记黄旭

用毛泽东同志关于中国革命"三大法宝"中的统一战线战略，解放中山要做到兵不血刃，统战胜于血战。至于具体运用何种策略，用地委成员黄佳的话作比喻，就是"大批订货，分批交易"。

那时，国民党驻中山县的"保安团"是典型的官僚地主武装力量，管辖四个保警营，属警察局管理。俗话说"擒贼先擒王"，策反工作应如是。中共中山党组织与民盟港九支部及中山分部深明此中之道，统战工作早成常态，警察局局长已被策反，暗中掉转枪口。有一次，中山县警察奉国民党党部之命参与围剿五桂山游击队，警察局局长便

提前送来了情报和一份厚礼——三挺机枪和弹药，结果让敌人的围剿扑了个空。

一直负责情报工作并与统战有交集的黄旭明白，所谓"大批订货"就是这四个保警营中，除对一小部分顽固分子予以歼灭外，绝大部分都要争取策反过来。"分批交易"就是先易后难，点燃一点，"火烧连营"。

话分两头，且说这边厢中共中山县委密锣紧鼓筹划，那边厢"同盟"同时呼应。民盟澳门分部主委彭宗英通知在中山县政府担任科长的盟员苏翰彦密切配合中共这边的行动。

苏翰彦是孙乾的得力部属，从抗战起就追随孙乾在广东战区余汉谋部韶关清远一带对日作战立功（后获中共中央所颁抗日胜利60周年纪念章及证书）。抗战胜利后，孙乾继承叔公孙中山的三民主义遗志，回家乡担任县长，并邀苏翰彦入阁。苏翰彦应邀担任社会科科长，并推荐好友、中共党员赵约文担任建设科科长。后来，加入了民盟的苏翰彦更是如鱼得水，左右开弓，既协助孙乾在政务上排忧解难，俾有所建树，又密切配合民盟与中共各项任务，包括搜集情报、舆论导向、开展统战活动、营救被捕游击队员和组织社会活动以及发展民盟组织等，表现出色。同年底，中山参盟人数有80余人，民盟中山分部宣告成立，苏翰彦担任主委。

不久，中共珠江地委书记黄佳便派中共石岐区委特派员卢克诚直接找苏翰彦与黄旭接头。随后，黄旭安排吕华、周挺具体负责，联系地点设在苏翰彦家中。苏翰彦的妻子吴德婉也是民盟成员，表面上是家庭主妇，实际上是居家协助苏翰彦工作，苏翰彦不在家时，便由她负责接待和掩护吕华、周挺，并向他们传递有关秘密文件。

在中共与民盟两边厢人的肝胆相照、密切配合下，策反工作分批"交易"，按部就班，一批接一批"进账"：驻守石岐附近的保警第三营营长黄锡球的下属许俉被成功策反，率先起义；受许俉归正影响，营长黄锡球放弃脚踏两船，一心归正，直接就把全营带到五桂山宣布起义，随后接受改编，成为解放军；成功策反一营二连连长苏贯洵归正，期间发生营长周仕良放火烧石岐、趁火打劫事件，地下党当机立断，命苏贯洵立即宣布起义，并将周仕良押往五桂山处置；策动中山纪念中学维护校产武装队伍40余人携两挺机枪及枪弹一批归正，由八区区委负责人周挺接收，中山解放前夕阵前宣布起义；紧接着又策反八区黄森部队宣布起义。

一批又一批的策反成果进账，搅得"保安团"军心涣散，人心思反，"总成交"水到渠成。报经中共珠江地委同意，约请国民党中山县警察局长陆文浩赴港"作全盘交易"谈判，地点定在香港九龙"红梅茶楼"。中共中山方面由黄旭出面谈判，香港地下党党员、"中联"创办人之一的甘伟光陪同。

在香港出生的黄旭重返香港，儿时的香江记忆早被五桂山的岁月烽烟淡化了。既是在茶楼"谈生意"，穿着当然要讲究。下午谈判，上午甘伟光夫妇便先陪黄旭上街买西装、领带。全身上下拾掇了一番之后，西装革履，精神奕奕的黄旭怎看怎像。刚好，在购衣店铺旁边有一间出名的照相馆，甘伟光提议顺路去拍个照，于是便有了三人合影的这张老照片。

是日下午，九龙红梅茶楼的策反谈判，实际上是在前一阶段重点人物策反和通过骨干进行心理攻势的基础上，最后实现全面策反的总体部署和具体分工。与其说是策反谈判，不如说是统一战线下中山党组织与民盟共同落实和平解放中山的工作"下午茶"。

走出茶楼，香江夕照，天边一抹晚霞。

回到中山，苏翰彦与胞兄苏干远一起配合黄旭，先后策动了国民党六十二军和中山县地方武装统率部主任屈仁则起义，又和平接收了中山二区联防大队。

谭天度是中国共产党 1921 年成立时最早的一批党员，是与周恩来同志并肩战斗过的老革命、广东军政领导人之一。抗战时期，他主持组织华侨工作委员会，开展统一战线工作，发动华侨子弟与港澳爱国人士在香港组建了香岛、培侨与汉华三所中学，陈枫，甘伟光等是参与者之一。中共以这些学校为前沿阵地，加上中联等组织，发动华侨、港澳同胞回内地参加抗日救亡和支援游击队工作，谭天度当年就曾深入五桂山指导开展华侨及统战工作，作出了巨大贡献。

1948 年后，中联由孙烈负责，至 1949 年下半年，又由李兆永负责。分散在各界的中山支部党员，会同理事一起充分发挥了骨干作用。中联开展的各种活动符合青年人的特点，深受广大旅港同乡青年的欢

◎ 1997 年 7 月，香港回归之际，104 岁的革命老前辈谭天度（右二）访港，亲切约晤苏翰彦夫妇（左一、二）（苏翰彦离休前任民盟中央委员、广东省政协常委）

◎ 1948 年，中山旅港青年联谊会会员在香港活动留影

迎，甚至还有一些非中山籍的青年慕名要求参加，光是歌咏队就有 100 多人。

中联的会员从初期的几十人发展到后来的六七百人，按地区设置了香港、九龙、筲箕湾分会，形成了一股强大的爱国民主力量，并在其中发展了中共党员 4 名、新青团员 11 名。

当时，中联所组织的爱国行动往往受到港英殖民政府的种种限制。为了尽量避免受到干涉，中联的活动由市区转移到郊外，利用周末或假日组织到浅水湾、大埔、沙田、钻石山等地方，以旅行、游泳、球赛等方式来掩护开会、宣传等政治活动。

1987 年是中联成立 40 周年的大喜日子。中联健在的会员齐聚中山，隆重欢庆。战友重逢，倍感兴奋。李兆麟、孙烈、吴子仁、谭如山、李兆永、黄联安、简瑞超、张华、萧秀莲、黄启文、许守、张德浩、

◎ 1949 年 10 月 14 日，广州解放，旅港中山青年联谊会负责人孙烈（第三排中白
大衣女士）作为香港青年代表队副队长与战友们回穗参加庆祝活动。当晚的庆
祝酒会上，孙烈作为香港青年代表向中共华南分局第一书记叶剑英敬酒

◎ 中联成立 40 周年，中联会友聚中山话当年。图为参观家乡建设新貌时的留影

◎ 2005 年，离休居内地的中联会友获颁抗日英雄纪念章 24 人。图为其中部分获颁者的合照。左起黄茵、张卿、罗章有、吴子仁、马力

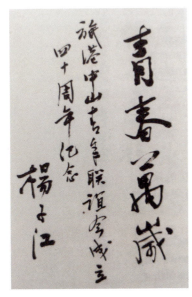

◎ 杨子江的一幅《青春万岁》道出了从那个时代走过来所有人的心声

许炳和、肖子超、缪婉琳、缪菁、缪司圣等老战友们纷纷撰写纪念文章，或写回忆录，或吟诗作词，或提供活动照片，真实地回顾、记录了中联的足迹与历程，并最终汇集出版了《旅港中山青年联谊会 40 周年纪念刊》赠送给所有会员，永留纪念。

值得一提的是，《旅港中山青年联谊会 40 周年纪念刊》有老领导欧初、黄焕秋、甘伟光及中山市的领导谢明仁、汤炳权、简庆华等亲笔题词，中山籍著名漫画家方成也以一幅《相见欢》来贺，弥足珍贵。

金戈铁马稼轩词

投笔从戎状元郎

> 英年傲骨欲何之，半壁山河肆敌骑。
>
> 百战余生吾未悔，金戈铁马稼轩词。

这首七绝读来字字铿锵，句句激越。既有岳鹏举（岳飞）踏破贺兰山缺的气势，又有辛稼轩（辛弃疾）心如铁、补天裂之壮怀。诗言其志，文如其人，它的作者便是本文的主人公，当年战斗在五桂山抗日战场、后又挺进粤中的文武双全游击队长杨子江。

杨子江，1918 年生，中山县沙溪申明

◎ 游击队长杨子江

◎ 县立中学篮球队合影，右二为担当前锋的杨子江

亭人。少年好学，聪慧过人。1936 年，18 岁的杨子江赴穗参加全省高中毕业会考，名列中山县学子榜首，一时风光无限。县教育局长闻讯立即召见，见那杨子江果然是相貌堂堂的一表人才，便开门见山道：

"欣悉你为乡梓争了光，请问毕业后有何打算，愿否在县府任职，或共图家乡教育大计？"

"多谢抬举，非不想，实不能也！"杨子江答道。

"此话怎讲？"

"国难当头，半壁山河肆敌，匹夫当以抗日救亡为第一选择，恕后生有拂局座美意了。"

局长听罢无语，那神情似是而非，既似点头又像摇头。半天才挤出句话来："也罢，人各有志。破巢之下，安有完卵乎？"这后一句像是说给自己听。

所谓人算不如天算，几十年后，河山一统，杨子江执掌广东省教育厅牛耳，此是后话。

时值各地抗日救亡运动爆发，国难当头，杨子江毅然选择回到家乡申明亭，以永厚、申明亭两村的青年为主，组织青年成立读书会，成立"七八剧社"，开展抗日宣传活动，秘密传阅中共在巴黎出版的《救国时报》，在青年中播下了革命思想的种子。

一天，老同学黄石生回来申明亭找杨子江。黄石生原籍塔园，少年亡父，与妹妹黄茵从小随母在娘家申明亭生活，与杨子江同饮一方水长大，一同考入县立中学，又一同在校参加抗日救亡运动。1936年毕业后，黄石生到五区（三乡、五桂山区一带）的三乡桂山小学任教。次年，抗日战争全面爆发，五区的党组织迅速在三乡开展抗日救亡活动，黄石生如鱼得水，积极投身其中，不久就加入了中国共产党。

黄石生此番回来，就是请多才多艺的杨子江助力三乡文化界抗敌同志会的抗日巡回演出，争取他加盟。他觉得多才多艺的杨子江在这个舞台上才可一展其报国大志。

那一夜，黄石生向杨子江讲述了自己在三乡桂山小学参加革命以来的感受及对未来新中国的憧憬，句句戳中杨子江，二人越谈越兴奋，剪烛西窗，彻夜无眠。天将晓，二人平明着步，共奔三乡。

诗言志。多年后，杨子江以一首七言绝句记述了他与黄石生当夜的夺席谈经，记下了"三乡"这个人生道路新起点。诗曰：

> 鹅黄采石老同窗，夺席谈经未许忘。
> 浪迹江湖寻远志，平明着步记三乡。

三乡位于香山县南部，地处山区与冲积平原中间，山丘环列，五桂（山）连绵，物阜粮丰，尤以乌石、平岚、雍陌三大乡村为著，又

◎ 二区沙溪申明亭村杨子江故居

名谷都，清末民初域属香山县五区，俗称三乡或谷都。

时中共党组织选谷都三乡作为党在农村基层发展与积蓄革命力量，看中的就是三乡的地缘环境与山区客家人居多，民风淳朴，后来的发展也证实了中共党组织的判断。

杨子江随黄石生到三乡后，立即就投入了三乡（五区）文化界抗日救亡工作团，上街演唱抗日歌曲《毕业歌》，演出抗日街头剧《放下你的鞭子》等。

杨子江不光学业优秀，文体方面也是多面手，很快就和黄石生一起把三乡的抗日救亡气氛搞起来了。1938 年 1 月，经黄石生介绍，杨子江加入了共产党。从此，他的人生翻开了新的一页。

1938 年夏天，杨子江奉命回到申明亭，筹建中共中山二区独立支部，并任支部书记。杨子江心知，组织让他单枪匹马回来举大旗，就是让他以家乡为基地，点燃火种，二区党组织从无到有的重任就落在

◎ 杨子江夫人孙烈（左二）出席革命遗址挂牌仪式

自己肩上了。

二区沙溪位居中山县中间地带，南接民田丘陵山区，北连水乡沙田，离政经中心的县城仅数里之距，组织早就想在这里发展党员，建立支部，以加强党对这个地方的影响和把控，只是一直都物色不到适合的人选。直到杨子江的出现，组织让他在五区的三乡接受锻炼和考察，后入了党，在党内磨炼了一段时间后便将他派上了用场。

杨子江果然不负组织厚望，在他的领导下，二区支部这面党旗率先树起来了，以那镰刀锤子为象征的工农群众骨干也逐步培养起来了，二区先后秘密发展了近30名党员。中共中山二区支部就设在杨子江的祖屋。

同年10月支部建立起来后，杨子江就着手成立青年救日救亡队。杨子江先在二区召集刚回乡那阵创办起来的原"七八剧社"的成员，算起来也有20余人作为班底，在申明亭村翠丰公祠成立起中山二区青年抗日救亡工作队。请刚从延安抗大学习回来的杨希吾担任队长，自己当副队长。

这支队伍以翠丰公祠为活动基地，杨子江的堂弟杨玉维也把自家的祖屋作队部活动基地。这支队伍成立起来之后，组织开展青年活动，搞得有声有色，很有号召力，大受乡亲欢迎，很快就扩展到100多人。

1939年7月9日，日寇乘船向二区叠石、全碌村进攻中山，中山守军奋力抗击。杨子江率二区抗日救亡工作队一马当先，立即组成担架队、救护队上前线，开展战地服务。队员杨丽容在抢救群众时不幸中弹牺牲，年仅19岁。

金戈铁马稼轩词

1940年3月7日，日寇的铁蹄踏入中山，国民党军队及县政府不战而逃，石岐陷落。随后中山全境沦陷，日寇四出掳掠，奸淫妇女。中山人被迫逃离故土，或避乡居。日机轰炸、战争摧残下的城区人口骤减，民不聊生。

此时，汉奸县长欧大庆从澳门返回中山，日伪相互勾结，狼狈为奸。日伪迅速将所有重要机关设在石岐，包括日军宪兵司令部、日军石岐警备司令部、伪县府、伪军四十三师、伪政训处等。

敌强我弱，局势十分险恶。中共中山县委决定，把一区、二区党组合并为一、二区工委，并将原来比较暴露的党员包括石岐区书记黄煜棠等撤离石岐，而将杨子江派往石岐，把一把尖刀插入敌人的心脏。

杨子江临危受命，接任石岐党组织代书记一职，领导石岐及郊区即一、二区工委所辖的石岐、长洲、张溪、申明亭、永厚、水溪、岭后亨等地的抗日斗争。

在敌伪眼皮底下开展斗争更要讲究斗争策略与斗争的艺术。杨子

◎ 三大报刊对形势教育和党的方针政策教育以及部队政治思想教育，以及士气的鼓舞发挥了重要的作用，杨子江的笔杆子派上了大用场（上图）

◎ 1943 年，中山抗日义勇大队在五桂山抗日根据地成立，杨子江调任中山抗日义勇大队政训室，领导主办《前锋报》《抗战报》《正义报》工作（下图）

江把分布在工人、农民、教师、学生各界，及潜伏在国民党有关部门工作的党员作为骨干，依靠原来的"抗先""妇协"积极分子进行抗日救亡宣传，讲解党的方针政策，揭露日伪暴行，发动群众投身抗日救亡活动。男的加入兄弟会、关帝会，女的加入姐妹会、观音会，而表面看来，这些都是些传统的民间组织。实际上正是涂上了一层保护色彩的组织，在敌人心脏"兴风作浪"。石岐的大街小巷不时会出现抗日、打倒大汉奸欧大庆的大标语，出现抗日救亡的革命传单，抗日刊物《横门口》竟然摆上了伪政府办公室的桌面；人力车工人党员梁北，伺机将一名喝醉酒的日本军官，拖至沙涌边，将其推下淹死，令日军大惊；1940年秋，区工委组织长洲乡的党员武装，袭击了乡维持会，收缴了武器，枪决了投靠日寇的维持会会长，极大地动摇了敌伪对基层的统治；还有一次，惩处了一名汉奸，保护了受威胁的党员群众，大得人心。

石岐是敌伪统治中心，这里的情报工作对党组织及游击队至关重要。杨子江通过各种关系，了解掌握各种情报，综合每月一报中共中山县委，给县委决策提供了极有价值的信息情报依据。

与此同时，石岐区委不失时机地将一些党员如在石岐、长洲参加过打击日伪势力的梁北、林章、黄鉴明、黄伟贤等送到游击队以壮大中山的抗日武装斗争力量。

在石岐沦陷区一年的地下工作，杨子江带领石岐区委不辱使命，出色完成任务。

1941至1943年间，杨子江与黄石生在二区共同创办抗战刊物《铁流周刊》，积极开展抗日宣传，激励民众的抗战信心，揭露敌人的残酷罪行，唤醒人民群众的觉悟，成为正在进行的轰轰烈烈的抗日救亡运动的重要喉舌。

1941 年 4 月，为扩大抗日武装力量，中共中山县委委员黄峰派杨子江重返二区建立抗日武装据点，县委只是给了个头衔，粮草、兵马自行解决。

杨子江了解到此时沙溪一带原有一股较松散的武装力量，头目叫张嗣鹏，挂了个联防办主任的职，1939 年 7 月在横门保卫战中牺牲。二区联防办处于群龙无首状态，便在内部推举了一个叫郑健驷的人为主任。杨子江见过此人，有点印象，在二区读书，还做过小学老师。

杨子江便找了个由头去会郑健阳。一见面，倒是郑健阳对他更有印象，一见面就大大咧咧嚷道："哗，什么风把状元郎吹到我这小庙来啦？"

"哎呀，乡里乡亲的，就别提什么状元郎了。时逢乱世，有枪便是草头王！"

"听兄弟口气，是不嫌我庙小肯屈就？"原来郑健阳上台便备了份礼物拜见了"挺三"副司令屈仁则，这屈司令收了礼就算是他这个联防主任在"挺三"备了案，接着又在横栏盖了几间竹棚房，把中山二区联防办事处的招牌挂上，摇身一变，他郑健阳便成为二区炙手可热的头目，但比起其他区的人多势众，他那不足几十的人枪实在是显得势单力薄。

对于郑健阳的家底，杨子江心知肚明，嘴上却说："庙小难道就不能搞出点声势来？"

"兄弟有何妙招，快与愚兄说来，"郑某显得迫不及待。

杨子江见火候到了，便有板有眼说道："取势不在人多，我们这个半官方性质的联防办要有影响力，关键在扩大宣传。依在下之见，办个不定期的油印报刊，宣扬我们联防办安乡保民护商宗旨，并刊登县内各地这方面消息，再加些抗日花絮，一并上报七战区'挺三'司令部，还愁没有知名度。"

　　一番话说得郑健阳心花怒放，说道："生仔也得起个名，那这个刊物就叫……"

　　杨子江马上接过话头："刊名我已给你想好了，叫《联防导报》如何？我们马上买油印机开印，我知道'架步'（粤俚语，即如何操作）"。

　　"太好啦，你马上去沙溪墟买台油印机，即刻开档。这次，我要让'挺三'的人对我老郑写个'服'字，哈哈哈！"

　　于是，杨子江趁势而行，先后找来中共党员缪菁、吴子仁专办此事。每月出版一至二期，到处寄发。联防办事处有什么公告，也印在上面。如此一来，区区一个联防办整得倒像颇有影响的敌后机关了。

　　郑健阳对杨子江信任见涨，外出应酬，甚至到"挺三"司令部向屈仁则汇报工作，也带上杨子江。

　　转眼，中秋将至，沙田区的晚稻开始抽穗扬花。一区和二区的各路武装头子循例都接到"挺三"司令部通知，中秋节前农历八月十三上午10时，到横栏裕丰围搞晚造禾票投标。原来这收禾票（田赋）是一块大肥肉，垂涎三尺的各路人马早早到齐。郑健阳当然不可缺位，他带杨子江和李华兴去了。

　　谁也想不到，这次禾票"投标"只是屈仁则玩的一个局，他在暗处早已布置了两个中队把"裕丰围"团团包围，还在蕉林和荔枝林里架起了六七挺机枪。

　　各路人马到齐后，屈仁则先让一土匪"大胆雄"的出场，"大胆雄"有意靠近站在郑健阳手下李华兴身边的一名惯匪高勤身边，假意献殷勤般对高勤说："勤叔，你好威水，枝左轮枪腊腊靓，借来瞧瞧。"手便伸了过来。高勤一把按住，知道来者不善，便大声向李华兴喊道："华兴，开枪！快开枪！！"牛高马大的"大胆雄"趁势将高勤死死箍住，李华兴那边早被人控制了，没等他回应，高勤的额头早被枪口顶住，乖乖被缴了枪。

正所谓擒贼先擒王，拿下了高勤，群龙无首。杨子江开始还以为是黑帮火拼，看戏般坐山观虎斗，但看下去似乎先动手一方有来头，而且来头还不小。看着"大胆雄"那一方，如执法般将高勤一伙一个不漏地缴了械，其中还有李华兴，打狗看主人，看来郑健阳也凶多吉少。

果然，"挺三"司令部的一位穿军装的参谋出来扯着嗓子说："各位兄弟，我们是奉命来执行任务的。禾票投标的事，以后再讲吧。"一阵嘘声，众人象看了一幕精彩的警匪片。

这幕"戏"，一共捉了13人。原来事出有因，高勤纠集了一伙人，前些日子劫杀了一位华侨，被这位华侨的亲人告到七战区去，于是责下令来，要"挺三"逮捕他们。碰巧这伙人与"挺三"司令袁带、副司令屈仁则他们均有过节，袁、屈二人便借力打力，借口都不用找，找来一个"大胆雄"，导演一幕"黑吃黑"，轻易就把他们收拾了。

袁带、屈仁则导演"挺三"智擒匪首的这幕戏收场后，就轮到一直坐山观虎斗、又身在虎穴中的"卧底"杨子江的戏了。

当晚回到联防队驻地，郑健阳就急急忙忙找来杨子江商量对策。二区联防办本来就名不正言不顺，自命的中队长，只因"鸡肶打人牙臼软"，那屈仁则睁只眼闭个眼，掌门的袁带不计较就不是事，若较起真来拿李华兴说事，他就吃不了兜着走。

郑健阳故意对杨子江说："今天的事，你都看到了，李华兴出事我也很意外，提他做副手，我瓜田李下撇不清，屈副那边或许还过得去，但今日搞这么大一出戏，袁头追究起来，恐怕还会连累人家屈仁则。"郑健阳心中有鬼，嘴上却说得好听。

"这我知道，大哥有话尽管吩咐。"杨子江干脆得很。

"那好，我带杨惠生到外地避避风头，这里的事就拜托你多用心了。"郑健阳的话听起来也干脆。

"在下一定用心！"杨子江信心满满，却是此心不是彼心，郑健阳当然听不出来，可笑他把自己卖了还帮别人数钱。

杨子江"冷手执个热煎堆（粤语谚语，即意外获得好处）"，中秋之夜，出任二区联防办"特备"中队副中队长兼第一小队队长，中间加"特备"二字当然也是郑健阳的发明，但事实上杨子江已成为这支武装队伍的掌门人。

过了一段时间，消息传来，中秋那天被捕的13人被解送到鹤山金岗墟之后两个多月，就被流亡在那里的中山县政府县长和"挺三"司令袁带联署出布告枪毙了。郑健阳也不知躲哪去了，有人曾说在澳门街见到过他，此后就消失得无影无踪了。

杨子江执掌这支武装后，将十几个人分成两个班从严管理。一个姓彭的班长及几个抽鸦片的手下，听说日后要出操练兵，还要保境安民上战场，都自动离开了。杨子江采取"掺沙子"的办法，一方面动员了二区一些进步的青年农民参加队伍，一方面向县委要求派些有军事经验的党员骨干来带兵。

为增强二区中队的战斗力，南番中顺中心县委先后派了卢德耀、郑吉、梁德等中共党员、军事干部前来协助搞军事训练。一段时间后，挂"挺三"的二区联防中队便成为中共领导下开展敌后抗日救国的军事武装队伍，战斗力进一步增强。

时逢日军忙于准备发动太平洋战争，相对放松对中山沦陷地区的统治，各派地方实力趁机继续招兵买马，扩充地盘，二区中队也不示弱，杨子江迅速把大河哨所的围馆扩大，建成一个营地，接着又把民田区的申明亭"更夫队"并过来，逐步形成了民田地区与沙田地区互为犄角相互呼应，原二区中队渐被悄然鹊起的杨子江中队取而代之，

◎ 珠江纵队司令员林锵云

成为日后中山抗日游击大队的重要一翼。而杨子江本人则身价高涨，日寇和汉奸登报悬赏 10 万元买其人头。

1943 年 3 月，原在中山一区、二区活动的黄石生、杨子江、周增源所掌握的三个中队武装力量进行内部整合，建立在南番中顺游击区指挥部领导下，由中山抗日游击大队直接指挥的二区中队，由黄石生担任中队长、杨子江任指导员。

黄石生、杨子江率领的二区中队多次袭击石岐、张溪等敌伪据点，反击敌伪的扫荡，并在横栏、申明亭、永厚、塔园、龙头环、长洲等地建立抗日据点，在打击敌人的同时，不断壮大自己的力量，最终把二区中队发展至 100 多人，成为五桂山游击大队随时执行任务或驰援三区、九区兄弟中队的一支劲旅。

同年秋，南番中顺游击区指挥部领导机关从禺南转移到中山五桂山，并在五桂山建立游击根据地。不久，二区中队接到上级一个特别任务，指挥员林锵云（后任珠纵司令员）将取道二区入住堡垒村庄申明亭一晚，次日上五桂山。

接到任务后的杨子江、黄石生高兴极了，对这位上下皆称林叔的游击队最高领导人的到来，既感机会难得，也深感责任重大。二区中队拥兵近百，分驻沙田两个营地与民田三个堡垒村庄，但穿过这片敌我友势力犬牙交错之地容不得有半点闪失。于是，杨子江立即召开中队负责人会议，做好预案，确保万无一失。

黄昏时分，林锵云来了。他身穿浅色便装，平民模样，和蔼可亲。吃过晚饭，杨子江和黄石生向林锵云汇报了情况，林锵云边听还边提问题，十分认真。杨子江第一次见林锵云，印象非常深刻，甚至还记住了他讲的每一句话：

"你们这里的情况很复杂，离中山敌人的巢穴石岐六公里，离沙溪墟才一公里，墟里还驻有伪军。所以你们首先要加快壮大自己，没有力量就什么也谈不上。我们不但要学会打仗，更要学会做统一战线工作和群众工作，懂得斗争策略和斗争艺术。"

"敌人、自己人、友人要分清楚，朋友中有真朋友、假朋友、长期朋友、暂时朋友等都要有所区别。"

"总之，耳聪目明，高瞻远瞩，实事求是，机动灵活，无往而不胜。"

林锵云一席话，说得杨子江心里亮堂堂，座右铭般受用终身。

1944年元旦，由原中山抗日游击大队改编的中山人民抗日义勇大队宣告成立，属下的二区中队成为五桂山游击队抗击敌伪"扫荡"、主动袭击敌伪据点的劲旅。

1944年4月12日，中队长黄石生以一区国民兵团中队长的公开身份，带领小队长苏伟棠、警卫员杨北可前往沙溪墟。在桃源茶楼上，与一些商人洽谈为部队筹集粮饷事宜。敌伪机关闻讯后，即由彭河带队40余人赶至，在墟场布置一挺机枪和两个班的兵力，把茶楼包围起来，下令十多人的手枪队冲上茶楼开枪射击。黄石生等人临危不惧，当即还击扫倒几人，终因寡不敌众，黄石生、苏伟棠、杨北可壮烈牺牲，黄石生牺牲时年仅28岁。

◎ 黄石生等三位烈士墓

战火中的青春

五桂山游击队有一首脍炙人口的歌叫《我不能把枪放下》，这首歌流传时间最长，范围最广，印象最深，成为鼓舞游击队在战场上英勇杀敌的战歌。面对敌人的屠刀，英雄黄荣唱着它慷慨就义，身陷牢狱的难友们哼唱着它相互砥砺。几十年后的老战士哼唱起来，依然心情激荡，仿佛重回杀敌的烽烟战场。

◎《我不能把枪放下》歌词作者杨子江，作曲孙烈。

这首五桂山版的《游击队歌》成了五桂山英雄儿女的集体记忆。欧初在他的回忆录中写道：《我不能把枪放下》这首歌，大家都学会了。集中开大会之前，只要一个中队带头唱起"为了国为了家，我拿着枪骑着马"，另一个中队就会接着唱，"生活在战斗的黑夜里，也驰骋在火热的阳光下。"其他中队也不甘示弱，纷纷依次接下去，最后变成全体指战员放声大合唱："不！我不能把枪放下，我不能把枪放下！"

歌声冲破云天，五桂山山鸣谷应……

这首发自战士心声的战歌没有署名。重走先辈战斗的足迹，我们在原中山县属八区斗门革命历史陈列馆中赫然看到了这首歌的作者名字：杨子江作词，孙烈作曲。对此，杨子江、孙烈的子女表示从未听父母提过该歌曲的作者，倒是听欧伟明说曾听其父亲欧初说过，此歌就是杨子江、孙烈所作。

◎ 杨子江、孙烈这一对革命夫妻离休后安享晚年　　◎ "流星队"女战士孙烈

孙烈 16 岁就瞒着家人加入了五桂山抗日游击队，被编入了文工团"流星队"，成为年纪最小的队员。老战士对他们百般关爱，手把手地教他们用枪，走夜路时还教他们口诀，让他们很快就适应了险恶的环境与生活，并可在夜行军中做宣传鼓动工作。

在一次游击队队员学习班的联欢会上，流星队一位身材高挑、皮肤白皙的清纯女战士以一曲美妙动听的《月光曲》征服了全场，自然也包括尚未有心上人的杨子江。

是夜，杨子江辗转反侧，记得支队长欧初曾对他说起过这位姓孙的左步同乡，烽烟之中，自己一直无暇顾及。联欢会上，姑娘一鸣惊人，夜莺般的歌声如洁白晶莹的月光照进了他的心。

本来，杨子江找机会与这位让他心动的"她"谈一下思想，作为政治处主任按说也是顺理成章之事，不少当代电影拍摄战争年代年青的"老革命"与女战士的恋爱"桥段"大多如是。

杨子江虽是战将，却不失儒雅，他又怎会沿袭这般老的"套路"去俘获同样高雅的另一颗芳心？等待机会，顺其自然，似乎更符合他的性格，两情若是有缘时，必有水到渠成日。

果不其然，1944—1945 年间，广东省军政领导之一的连贯同志经常来五桂山指导工作，一住就住上个把星期，甚至十来二十天。除参加会议之外，也常会到部队中间，问长问短，除了谈论战斗，还谈人生理想。烽烟深处，有着作家头衔的连贯与杨子江更是一见如故，无话不谈。

◎ 省军政委员会负责人之一连贯

1944 年的 11 月 12 日是伟大的民主革命先行者孙中山先生诞生 78 周年纪念日，为了纪念孙中山先生的伟大功绩，继承孙中山的遗志，部队决定在孙中山的家乡搞一个专场纪念晚会，宣传孙中山的革命精神，凝聚各派政治力量，团结广大人民群众，夺取抗战的最后胜利。

上级对此十分重视，连贯曾写过一个话剧《精神不死》，正好派上大用场。该剧着重宣传的正是孙中山革命精神的精髓：三民主义和联俄、联共、扶助农工的三大政策。

10 月底，连贯又来到五桂山，欧初、奇达，罗章有与杨子江几位领导闻风而至，大家对连贯的到来十分高兴。欧初说："连贯同志亲自出马指导，令我们信心倍增。演出地点定在总理故乡纪念中学（即纪中）的逸仙堂，届时还请孙中山先生的胞姐孙姑太以及抗日统一战线各界代表前来观看，将"戏"做足。有关工作由政治处抓，子江按你的要求做便是。"

连贯的话剧大作《精神不死》主要是描写孙中山逝世前接见苏联

大使，并立下遗嘱"联俄、联共、扶助农工"。参演者十余人，主角三个，要求高，不是戏担人，而是人担戏。

"对角色人选你有何想法？"连贯问杨子江。

"孙夫人，找姓孙的如何？"杨子江目光投向连贯。

"哈哈哈，孙夫人不姓孙姓什么？"连贯会心一笑，故意反问道。

"那孙中山呢？"杨子江又问。

"当然是要找有政治水平，有文化底蕴，又会演戏的人来演了。"

"你是说让我来试试？"杨子江半信半疑。

"我说了吗？"这一问，倒问得杨子江不好意思起来，其实他知道自己长了一张欧洲人的脸，不用化装，苏联大使的角色就非他莫属。

连贯是考虑过的，只是不点破，便半开玩笑说："子江老弟，大使也是个吃重角色，既要直接对戏孙中山，也要通过孙夫人促成国民党与共产党的合作，也有不少与孙夫人的对手戏份呢。"

杨子江心知肚明，说道："那让二支队的政治处主任黄友涯来演如何？"

"哈哈，英雄所见略同，黄友涯原就是你们桂山中学的地下党员教师，能演能唱，组织青年参加抗日救亡工作也搞得很出色，培养了不少文宣人才，上次我来五桂山参加过你们的联欢，有个戏中演得不错的'大臣'不就是他一手带出来的吗？现在'大臣'都成黄旭的代称了。这回好了，戏里戏外都是戏，那就看你的演技了。我还要给友涯打个招呼，让他好好配合。"连贯最后一句话弦外有音。

转眼便到了11月12日。晚上，纪念中学的逸仙堂灯火通明，各界人士云集。连贯编剧，黄友涯、杨子江、孙烈主演，流星队的一班战士分别饰演配角汪精卫，陈璧君，孙中山的医生、护士长、卫士长和护士等，逸仙堂的舞台上，戏演得动人心魄，有声有色，台下座

◎ 几十年后，离休战友相聚，孙夫人的扮演者孙烈（左）与孙中山的扮演者黄友涯再度合作，高歌一曲

无虚席。

演出大获成功，各界代表纷纷赞好，部队还雇请了一顶轿子从崖口村将孙中山的姐姐孙妙茜邀请到纪念中学观看，老人家看后非常高兴，还上台说了几句要救国就要多打日本仔等鼓舞士气的话。

杨子江、孙烈这一对战地中邂逅的"红色恋人"，在共同的革命情怀和志趣追求中升华，经过战地的烽烟洗礼，成了五桂山游击队一段战火中的青春佳话。

一年后，抗站胜利，孙烈、杨子江与部分战友转战香江。不久就"拉埋天窗"（粤俚语结婚），"小鸟依人曾有约，太平山下可成家"（杨子江诗语）。

此后，在香港这个没有烽烟的战场上，杨子江在谭天度领导下的华侨委员会工作，开展侨务和统战工作，参与创建香岛、培侨、汉华等"左"派学校，旅港中山青年联谊会……孙烈参加红虹合唱团、中原剧社、萃风联谊社等进步文化团体，参与领导"中联"等工作，双双建功立业，比翼齐飞。

1946年，夫妻要求重返烽烟战场，参加全国的解放战争，乘船北上途中不幸遇敌被囚，经党组织营救出狱后回到香港。1948年2月，杨子江奉命转战粤中，担任粤中纵队广阳支队副司令员，带兵打仗至新中国成立。

后 记

新中国成立后，杨子江历任中央阳江县委书记，湛江地委常委、宣传部长、秘书长。孙烈一直在文化部门担任领导，创办湛江艺校，培养粤剧、美术等方面的艺术人才。

从武到文，杨子江抓起文化来，一样是不遑多让。60年代湛江出了一台反映清末反抗法帝国主义侵略的大型粤剧《寸金桥》，形成全国性轰动效应。这台戏由杨子江和主创人员一起花了不少心血，经过

◎ 习仲勋书记（前左六）主政下的广东拉开改革大幕，前右一为杨子江

反复讨论和修改，不断打磨才问世。当年周恩来总理视察湛江时，由杨子江陪同并讲解，看完全剧，周总理十分高兴地称赞道："这个戏不但编得好，而且演得好！"

正所谓夫唱妇随，孙烈创办的湛江艺校亦可圈可点，在粤剧人才培养方面尤为出色。她的学生中专门有一个班，清一色是从越南来学粤剧的。

1979 年，党的十一届三中全会后，百事待兴。杨子江被中共广东省委点将，先是出任广州美术学院党委书记，后又出任广东省教育厅厅长，其职业人生又传奇般回到了原来的起点。

"欧初部队"

欧初，我们这代人少年时的英雄印记；欧初部队，上一代人对五桂山游击队的俗称。

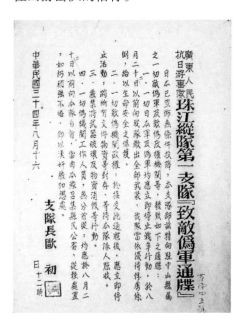

◎《致敌伪军通牒》

第一次见到这个名字，是 40 年前参观首都军事博物馆，在抗日战争专题部分看到当年珠江纵队第一支队发布的一份《致敌伪军通牒》，赫然看见落款"支队长欧初"。

十多年前与友人到广州，第一次到欧老家中拜访其人，说起上述事，老人家不胜感慨。

自古英雄出少年。欧初

◎ 欧初大队长

的故事，自然要从抗战烽烟四起、欧初立志报国、"少年心事要天知"
讲起。

　　说来也巧，也许是天意。1938年5月，十八集团军参谋长叶剑英
来到欧初就读的广雅中学演讲，魁梧儒雅的叶将军大步流星进入会场
时，全场起立，热烈鼓掌，群情激昂。

　　叶将军走到前排，边走边与师生逐一握手，当来到欧初面前时却
停下脚步，他握着欧初的手问道："小同学，你叫什么名字啊？"

　　欧初激动地回答："欧舜初（学名）！"

　　"几岁，哪里人啊？"叶将军又问。欧初立姿，挺起胸膛答道："17

岁,中山人!"

"啊,后生仔,还是先总理故乡人。记住:革命尚未成功,同志仍须努力啊!"叶将军的话,醍醐灌顶,久久在少年欧初心中激荡。

叶将军近两个小时的演讲,对抗战的形势和战略皆作了精辟的分析,欧初边听边记,备受鼓舞,受用终身。

此后,欧初的人生更有了明确的方向。他参加了广东抗先队广雅支队,课余积极参加各种劳军、募捐以及宣传抗日活动。

广州沦陷前夕,欧初回故乡左步学校教书,认识了地下党员欧靖宇。欧初参加地下党组织的活动,表现积极,不久就加入了党,并认识了中山早期党员、曾组织"卖蔗埔起义"的县委书记孙康。

欧初参加了孙康担任副总队长的抗先队,并成为四区"抗先"负责人之一。不久,欧初参加了中共中山县委举办的第一期游击训练班,成了佩枪的"教书先生"。

1939年7月下旬,日寇大举兴兵进犯珠江入海口横门。横门一旦失守,县城石岐势危,全县军民同仇敌忾,义愤填膺。驻横门一带的国民党中山守备队奋起抗击,中共中山县委领导的抗日队伍也开赴一线配合作战。县委还以"抗先"的名义成立"横门前线支前指挥部",总指挥孙康,成员有叶向荣、阮洪川和欧初。

担任总务部长的欧初须带"抗先"队员运粮、运弹药,以及组织担架队运送伤员。

指挥部就设在离前线不远的西桠村的县立第七小学内。战斗一打响,敌人进攻的火力非常猛烈,加上敌机空中来回轰炸,地面炮火连天。

尽管"抗先队"是第一次上战场,但此刻大家毫不畏惧,参战的国民党守备队官兵打得英勇顽强,他们靠步枪抗击拥有飞机大炮的敌人。其时公路已被破坏,县长张惠长骑着单车亲临前线视察,见到在

◎ 有关横门战斗的报道
　（上图）

◎ 日军的一艘运输舰在仓
　皇撤退中于玻璃围附近
　触爆守军布下的水雷，
　当场沉没（中图）

战场上忙碌的抗先队，特地下车，对欧初等一众抗先队员勉励了一番。

　　次日中午，日寇又发起新的进攻，派出许多橡胶冲锋舟，伴着几艘浅水舰往来游弋，舰上发炮，射击我军阵地或后方，天上还有敌机往来盘旋、投弹、扫射。在强大的立体攻势下，一大队橡胶冲锋舟向我滩头发起一轮又一轮的冲锋，妄作抢滩登陆，但都被我军民联防拼死抵抗，无法得逞。血战七昼夜，日寇鸣金收兵。

9月上旬，日寇卷土重来，中山军民再度奔赴横门前线。尽管此次日寇加码，出动1500人，配飞机军舰，海陆空连续进攻近月，依然无法撼动中山军民用血肉和意志筑起的钢铁长城。敌人进攻至第28天，一艘舰触发水雷，当场沉没，日军当场受挫撤退。"横门保卫战，军民联防退倭寇"写入了抗战史册。

1940年3月6日，大批日寇从大冲、叠石、金钟、唐家等地登陆。一路日寇经过崖口附近时，遭到共产党员谭桂明、萧志刚等领导的乡警队英勇阻击。大敌当前，国民党军队不战而逃，党部书记林卓夫倒行逆施，强令解散"抗先"和集结中队，秘密通缉孙康，助纣为虐，致中山全境陷落。

中共广东省委决定建立南、番、中、顺中心县委，统一领导南海、番禺、中山和顺德等珠江三角洲中心地区的全面工作及武装斗争，由中心县委成员林锵云率领"广游二支队"第一中队在敌后南海、顺德一带开展抗战活动。

◎ 新中国成立后，欧初与众老领导和战友相逢合影留念。前左起叶向荣、孙康、黄峰，后左起梁奇达、欧初、杨子江、吴子仁

　　1940年4月的一天，代理县委书记梁奇达来到五桂山区的灯笼坑，找到在那里以教书为职业掩护、做发动青年投身抗战的四区区委青年委员欧初。此时，欧初正与区委副书记曾谷一起拿起笔杆作武器，轮流刻蜡版编印抗战刊物《民气》。

　　梁奇达郑重其事地对欧初说："中心县委决定在中山九区建立一支由我党直接掌握的独立武装主力部队，由你负责。"

　　"我？可我从未抓过枪杆子呀！"欧初一头雾水（粤俚语，指无头绪）。

　　"你先别焦急，听我说。这支部队为什么要在九区组建呢？这是因为九区现在有一支打着国民党'广游挺三支队'番号的抗日部队，里边有人会配合你一起做工作。找你来做正是考虑了你的特长，让你通过笔杆子的宣传，团结一班进步青年和我们一起投身抗战，从文习武，挂靠'挺三'，培养出一支直接听命于我党指挥的队伍，这就叫'借窝孵蛋'"。

　　梁奇达一番话，让欧初心中豁然开朗。欧初心想，眼前这位比自己大不了几岁的书记，在中山初沦陷时就率一区张溪、员峰近百民兵会同五区的马溪、郑少康一起上了五桂山打游击，不正是自己从文习武的榜样吗？

　　"欧初同志，担子不轻啊！"梁奇达握别时又说："组织信任你，希望你既要有勇气，又要讲究策略。过几天我再让杨日韶与你联系，搞一个行动方案，尽快建立起这支武装力量，中心县委等着你们的好消息。"

　　第二天一早，欧初便启程，离开灯笼坑，取道南朗、榄边、小隐到横门，雇一小艇，直奔九区方向。到沙栏时天已齐黑，欧初按约定找到那间蒙馆（即私塾），与主持蒙馆的地下党员黄涯洲接上了头。

几天后，由党组织派遣打入国民党军队任梁伯雄大队副官兼第一主力中队队长的杨日韶来找。杨日韶少年老成，若非日寇侵华，他很可能在中山大学读书。说到"借窝孵蛋"，杨日韶戏说："这个窝可孵两个蛋，一个是在'挺三'一支队梁伯雄大队内再孵出一个老二，其次是借'挺三'三支队最有钱粮的梁自带三大队孵出另一个独立中队"。

欧初听罢连声赞好道："第一个方案风险少些，比较稳妥，毕竟梁伯雄是自己人，好商量，难的是日韶兄已搞了一个独立中队，现在又多搞一个，只怕负担重，且容易引起怀疑。第二个方案恰恰相反，关键是要找一个与梁自带熟络的人来打通关节。"

"阜沙药房有个叫李泽霖的中医，常在这一带给人看病，他开药房时梁自带还给他帮忙。黄乐天与李泽霖相熟，不妨试试。"杨日韶补充道。

于是，欧初便让黄乐天去找李泽霖帮忙，李泽霖答应得很爽快，平时他给游击队看病送药还免诊金，对游击队打'萝卜头'（日本仔）深怀敬意。听来意后，李泽霖马上就去找梁自带。梁自带说："你兄弟想在我这混口饭吃容易，问题是我有乜嘢着数（粤语：有什么利益）？"

"这个好说，鸡头角那七顷田，我与你合伙耕，本钱由我出，如何？"

"哎呀，咁客气，你话点就点啦（粤语：你怎么说就怎么办）！"

"好，那我回去与我兄弟商量一下再来告知带哥。"梁自带贪利，李泽霖诱之以利，一招便杀食（粤语：奏效）。

欧初一面联系中心县委，准备汇报，一面招兵买马，无论最后定夺哪个方案都要有人。欧初想，新兵源也要分两头，一头依靠九区地下党在当地找来蒙馆学习的进步青年，另一头是回四区找自己组织抗先队中的积极分子，还要同时回崖口找枪，无枪怎样打仗？

　　经过一番紧张筹划，欧初到中心县委书记梁奇达和九区区委书记黄君若来听汇报时，兵员陆续到了12人（有谭桂明带队的崖口乡警队12人），找到九枝枪。梁奇达对欧初的汇报颇满意，他当即指示说："两个方案并行不悖，将现已到位的12人先放到梁伯雄的大队里成立一支完全听命于我党调度指挥的独立主力小队，然后再逐步扩充为主力中队。梁自带答应下来的中队也不要错失，不断'掺沙子'，使之成为可靠的同盟中队，明白否？"

　　"明白，即一个是亲生儿子，一个是干儿子。"欧初生动的比喻，连梁奇达也忍不住笑了起来，补充道："反正最后殊途痛归，一视同仁。"

　　县委书记梁奇达的指示让欧初更有了底气，于是他让黄乐天把李泽霖请来。欧初一看就知道李泽霖是个做事让人放心的憨厚人，欧初高兴地说："谢谢你给我们部队帮了个大忙啊！"

◎ 当年"欧初小队"的驻地，阜沙牛角村祠堂

"不敢当，实在是不敢当，你们豁出命来打鬼子，而我，只能算给亲戚找了份差而已，微不足道。"

"泽霖兄弟，今天找你，一来表示谢意，二来与你商量一下怎么用好这份差。"原来欧初看好李泽霖，想他用自己的名义把番号拿到，马上把队伍拉起来。

欧初把这意思说了，李泽霖有点错愕，说道："欧大哥，你不是不知道，我一介郎中，给人把把脉，开开处方尚可，带兵打仗，那不等于'拉牛上树'（粤俚语，即赶鸭子上架）？"

"泽霖兄弟误会了，我只是借你的大名而已，说到带兵打仗，自然不劳你大驾，我给你派个得力的干将来当队副，你还是干你的老本行，做医生、开药房。"欧初解释道。

"哦，原来是这样，那就照欧大哥说的办便是。"李泽霖说完，随即又补充了一句："可用我的名义，但不要用我的名字，医生去领一个部队番号总觉不便，对吧？"

欧初当即答道："哦。这好办，用一个化名就行，就叫志海吧，当个好医生就是悬壶济世，志在四海嘛！"

从此，欧初的游击队生涯翻开了新的一页。一天晚上，陈翔南代表中心县委来到大白沙营地，祝贺这支挂在国民党旗下却由我党直接指挥的游击主力小队诞生。他满怀期望地说：别小看了这只有13人的小队，我相信你们"星星之火，可以燎原。"

作为主力小队党代表的欧初，心潮澎湃，他带着庄严的神色，激动地端详着月色下的每一张朝气蓬勃的脸，默念着每一个熟悉的名字：罗章有、谭帝照（谭三九）、冯洪昌（冯昌）、李新知、缪雨天、邓准、陈超、郑毅、陈庆池、黎少华（14岁）……

"捐躯赴国难，视死忽如归。"欧初不禁从心底升腾起一股浩然之气。

另一支挂在梁自带旗下的独立四中队，一直若明若暗配合我党行动。在协同五桂山游击队惩处汉奸伪四区署长的战斗中，由谭炳照、冯培正带领30人到鳌溪与紫马岭交界处埋伏，李志海（泽霖）负责在濠头榄核围准备船艇接应。当时伪四区署长由石岐到南朗圩上任，敌伪护送车开到埋伏地点时，谭炳照用机枪向敌人迎头痛击。这次战斗轰动了石岐，牵动了敌军数百人。

战后，独立四中队正式向梁自带部领取委任状及枪支弹药，当即在山区和四、五、六区各乡召集了有志抗战的青年30多人，其中有小学教员、中学毕业生、工人、农民、华侨子弟等。

中队正式建制整编，由谭炳照、冯培正负责军事政治，李志海负责筹措粮食、枪弹、医药等一切经济供给，并联系梁自带部，探取情报提供给五桂山游击队。

1942年，独立四中队32人在大茅山遭日军百余人四面围攻，弹尽援绝，谭三九等12人壮烈牺牲，8人负伤，部队损失惨重。其后中队重组，欧初派黄乐天负责领导，李志海仍挂中队长，周毅、黄若明等为小队长。以后便逐步融入五桂山游击队，成为中山人民抗日义勇大队的主力之一，及其后的珠江纵队一支队金刚队。

与欧初受命在九区创建中山第一支由我党指挥的武装中队同步，九区的妇运工作也开展得有声有色，该工作的领导人姓容名海云，新会荷塘人，16岁那年参加革命，次年入党。由中心县委派到九区开展工作后，从办妇女识字班入手，自编乡土抗战教材，开班就来了20多个农家妇女。这批学员很快成为活动骨干，逐步在牛角、吉昌围、乌沙等村落牵头组织起兄弟会、姐妹会，会同地下党谭本基在石军沙，郑丽群在孖沙相继在九区打开了局面，有力地配合了游击队的各项行

◎ 欧初容海云革命伴侣照

动，在反"霸耕"和伪军收"禾标"（军粮）的斗争中取得了胜利。这批学员在斗争中表现突出者入了党，有的还参加了游击队，成为交通员或交通站长，而容海云则成为后来珠江纵队整个战区交通站的总站长。

容海云比欧初小两岁，以兄妹相称作掩护，在艰苦严峻的对敌斗争中密切配合，相互砥砺，在对敌斗争血与火洗礼中，谱写了五桂烽烟又一段青春佳话。几十年后，欧初为后人留下了这样一段有趣的忆述：

林叔（林锵云，珠纵司令员）对部属的关怀和爱护有口皆碑。在工作中，他对我们这些20岁上下的年轻人大胆使用，把我们放在关键的岗位上锻炼。具体交代任务的时候，他经常亲自找我们谈话，讲清工作的意义，还与我们详细讨论可能遇到的困难和解决困难的方法步骤，令我们信心十足。

他自己虽然在战争年代一直未成家，但对下级的婚事总是非常关心。他幽默诙谐的谈吐更是具有独特魅力。那一年，我和容海云打算结婚。一天晚上，我在五桂山区合水口里剑门牌村向林叔汇报工作时，顺便谈了我们的婚事。

林叔听了，笑着说：结婚可以。不过你一定要弄两斤乃鱼来，请我们吃一餐。否则我当你们两个是伪组织。

当时海边的鸡头角、涌口门一带已经是我们游击队活动的区域。我想法弄了两斤乃鱼回来，同林锵云等几位同志高高兴兴地吃了一餐，同时接受了他们许多美好的祝福。

　　经过一段时间的政治学习与军事训练，欧初训练出来的主力小队军纪严明，素质日益提高。果如梁奇达所示，不久，谭桂明带着崖口的乡警队、黄江平带着长洲乡警队分别前来汇合。根据中心县委指示，原13人的主力小队立即整合成50余人的主力中队，并建立了党支部，由谭桂明任书记，欧初任政训员，上级还专门派卫国尧来负责军事。

　　卫国尧来抓军事正中下怀。欧初早闻有卫国尧此人，21岁留学东京政法大学，抗战爆发后，毅然回国从戎，入庐山军官训练团受训后结业，在国民党中央军委政治部第二厅任少校参谋，其间参加共产党，在珠江三角洲一带打游击。欧初十分明白上级派卫国尧来的意图，不仅将主力中队的军事素质上一个台阶，同时还因其国民党少校参谋的特别身份，让"挺三"其他支队不敢小觑。

　　谭桂明、欧初、卫国尧铁三角组合的我党主力中队开始在珠三角杀敌锄奸，首恶必办！崖口乡霸谭日潮投靠日寇，欺压乡亲，劣迹斑斑，并抗拒游击队征军粮，还放言：有本事就上门来取。游击队队员们早就磨摩拳擦掌，"顶佢唔顺"（粤语：忍不住）。

　　主力中队派出黎源仔、谭三九等几位队员趁天黑从九区出发，走横门水路潜入崖口，神不知鬼不觉就将这个十恶不赦的汉奸恶霸"办"了。

　　小试牛刀之后，几日后又将作恶多端的容奇海尾伪护沙队一个班灭了。

　　一日，番禺大汉奸、恶霸李朗鸡的小舅借姐夫的势力来九区找"挺三"三支队高佬惠勾结，欲假"民利公司"（"挺三"别称）之名搜刮民脂民膏。谁知阴差阳错撞到欧初头上。欧初先稳住对方，立即与谭桂明、卫国尧商量，大家认为番禺一带群众恨李朗鸡久矣，何不将错就错，还李朗鸡一个颜色？于是便来个"一石二鸟"，既阻止了他们的阴谋，又制造了挂抗日旗号的"挺三"与大汉奸李朗鸡伪军部队之间的矛盾，于是，当机立断将李朗鸡的小舅处决了。

几番出手不凡，极大地震慑了珠三角一带的汉奸恶霸，使之稍有收敛，群众无不拍手称快，随之"挺三"梁伯雄大队旗下独立中队名声渐起。

1941年冬，中心县委决定开辟中山抗日游击根据地，第一步先派欧初赴顺德，将第一中队从顺德先转移到中山九区。欧初受命和王鎏副中队长带着队伍，经过日夜行军，越过敌人的重重封锁线，进驻九区的石军沙。

为了不使"民利公司"生疑，改用梁伯雄大队第七中队的番号作掩护，在九区驻扎下来。此后，中山就有了我党领导的两支主力中队：第一主力中队即原来在九区成立的队伍，党代表谭桂明，卫国尧管军事，罗章有任副中队长。第二主力中队即欧初受命从顺德带过来的中队，欧初为党代表，王鎏为副中队长。

上山之前，两支主力中队由谢立全亲自带领，渡过横门，先在五桂山区的南朗合水口里集结，打个漂亮仗，向敌人要一批粮食、枪炮、弹药以及军事物资再上山。老天也帮忙，雨夜袭崖口，全歼伪军护沙中队，生俘中队长谭立本等数十人，押着俘虏和枪支弹药和大批物资，班师返回九区。不知是谁出的主意，祝捷会给战斗有功之臣戴花时，用刚缴获回来的一部留声机播放了一首耳熟能详、周璇唱的《襟上一朵花儿》，大家兴奋不已，播了一遍又一遍。

1942年4月开始，借"挺三"孵化出来的两支主力中队奉中心县委之命，分别先后从九区出发，向我党新创建的五桂山抗日根据地集结。

次年金秋时节，代号"山海关"的南番中顺游击区指挥部从番禺迁入五桂山根据地，标志着珠江三角洲敌后武装斗争的指挥中心已转移到中山，九区的星星之火终于燃遍了珠三角。

五桂山的人马集结起来后，部队的粮食也成问题。五桂山区人民群众的生活也是有上顿没下顿的。游击队吃不上米饭，只能吃一些番薯、南瓜，后来连这些也吃不上了，只能在山上挖些野菜来充饥。

面对粮食困窘，欧初给在家乡南朗左步头村横行霸道的伪乡长兼伪中队长阮强去函，责成他立即缴交抗日公粮。岂料阮强不加理睬，反而倚仗日伪势力，阻挠民众向部队缴交，甚嚣尘上。游击队决定予以惩办。

欧初亲率罗章有等五人随身，一个中队的兵力在左步头外五里的鸡头角布防。进村后，欧初径自向伪乡公所走去。阮强正躺在一张酸枝坑床上抽大烟，见欧初进来，先是一惊，看清只是一人，登时松懈下来，摆起谱来招呼乡里坐。

欧初趁势坐在床几的另一边，一眼瞥见床头那枝铮铮发亮的左轮枪，趁机借题发挥道："听说你这枝左轮枪了得。"

"哈哈，你也听说过这枝白银锚？那是我用十箩谷换来的来路货。"欧初趁势将手伸过去，边说："让我开开眼界。"阮强警觉地按住，迟疑一下后，将子弹全部退出，正要把枪递给欧初，忽然外边响起阵阵锣声，他一手把枪抓了回去，还来不及回装子弹，欧初一跃而上夺他的枪，二人刚交手，罗章有等人便冲了进来，合力将他擒住。

本欲将他解走，谁知他的手下竟帮了他倒忙，他们慌忙从碉楼向乡公所方向扫机关枪。左步头离南朗只有几里，无疑是给驻南萌的伪军报信，罗章有当机立断，一枪就把阮强崩了，然后游击队从容撤退到鸡头角。

事后，游击队在周围各村张贴布告，历数阮强的罪行，杀阮强是为民除害，并警告怙恶不悛的其他敌伪分子。鉴于当时游击队未有正式番号，布告落款"欧初部队"。一时间，四乡民众奔走相告，各村恶霸汉奸胆战心惊，"欧初部队"四字不胫而走，连游击队的穿戴，也被民间称作"欧初帽""欧初鞋"，还被一些商家仿制在墟市中走俏。

随之"张民友（即罗章有）部队""杨子江部队"等陆续有来，大长了人民志气，大灭了敌伪威风。

五桂山游击根据地创建起来后，除对那些死心塌地投日汉奸、恶霸坚决予以打击外，还对一些立场游移不定的地方势力，采取尽量争取策略。恒美、竹秀园十八乡有个叫"大胆雄"的地方头目，占据了五桂山根据地往北到石岐、九区、顺德必须经过的咽喉要地"石鼓挞"，如果"大胆雄"与游击队作对，五桂山根据地将面临很大的威胁。"大胆雄"非省油的灯，常闹得乡土鸡犬不宁，但他也宣称抗日。于是，欧初请示上级之后，派人联络"大胆雄"，双方约定在"石鼓挞"一会。

为防不测，上级派来自延安、身经百战的谢斌保驾。谢斌率一个中队驻扎"石鼓挞"附近，欧初带着副中队长彭福胜和两名警卫员赴会。"欧初部队"的欧初来会，"大胆雄"携妾侍，礼让三分，骑马在村口老榕树下迎候，欧初一到，随即下马，相互拱手行礼。

"大胆红"忽地从腰间拔出一枝左轮枪，向着榕树顶连发六枪，欧初随即也拔出左轮枪，向同一目标连发六枪。哗啦啦，枝叶落了一地。欧初明白这才是真正的见面礼，表示不必兵戎相见，彼此子弹已清空。

"哈哈哈，六六大顺！""大胆雄"心照不宣，笑着将欧初一行迎到龙塘村一座碉楼，那才是他的行辕。正厅横陈一张阔大的鸦片烟床（即酸枝坑床，床中间放一小茶几），那时的地方头目借抽鸦片谈事已成为一种类似现在打高尔夫球般的时尚，很多机密事都是在鸦片烟床上商定的。

"大胆雄"让随从退下，身边只留妾侍一人，然后请欧初上坐。

欧初会意，也让两名警卫员出去等候，"大胆雄"也叫他的手下出去相陪。

鸦片烟床以床几为界，一边是欧初与彭福胜，一边是"大胆雄"和他的妾侍。双方躺在鸦片烟床的两边交谈起来。欧初将一把缴获的日本战刀送给大胆雄，随即又同他谈了有关联合作战抗击日寇想法。"大胆雄"兴致勃勃，双方谈得十分投机，最后双方议定：若日寇经"石鼓挞"入五桂山"扫荡"，"大胆雄"配合阻击；若日寇袭击"大胆雄"，五桂山部队提供支援。

事后"大胆雄"遵守了诺言，在对日寇作战方面对我军增强了互信，凡"欧初部队"经"石鼓挞"进出五桂山根据地时，也没有遇到什么麻烦。

此外，五桂山游击队对当时主张抗日、以"挺三"副司令屈仁则、大队长钟汉明等为代表的国民党高官也一视同仁。钟汉明曾与游击队共同反击日寇的"扫荡"，五桂山创立的"三三制"民主政权也吸纳钟汉明派出的代表。为协助对方抗日，游击队也曾派队伍出击浮墟、沙栏、独岗等日伪据点，为他们消除了大患。在民众的推动下，国民党军队也曾在大黄圃的三社坊、沙栏墟的乌沙、新沙、谭州的大冈等地打击过敌人，消灭了部分日伪军。为了推动抗日大局，游击队还派代表到三区的鸡笼去见屈仁则，并将刚缴获的掷弹筒弹送给他，他十分高兴地回赠了几枚地雷。

事实证明，我党建立抗日统一战线的战略对五桂山抗日根据地的巩固和发展，以及游击队后来多次粉碎日伪的联合围剿起到了重要的作用。

1943年底，欧初让郑永晖通过给予游击队不少帮助的刘帼超打通关节，将他专门写的一封信函交给澳门当局，与对方达成共识，确立起互信关系，建立起游击队协助打击澳门黑恶势力、维持治安，澳门

◎ 澳门四界(学术界、音乐界、体育界、戏剧界)救灾会理事合影，该会主要是筹款，组织回国服务团，发动爱国青年回内地参加抗战。先后动员服务团 11 个队的爱国青年回内地服务

当局同意游击队以不公开方式在澳门解决伤员治疗、药品和后勤物资补给，以及建立情报方面的互动机制。

与祖国一衣带水的澳门爱国同胞更与家乡同根相连。从抗战一开始就积极参加家乡的一系列抗战活动。

五桂山根据地初具规模时，欧初就先后派郑秀、郭宁、冯彬、黄乐天等同志赴澳门开展工作。郑秀借其舅父马庆康在澳门开设的马康公司为掩护，在高士德马路 19 号二楼建立了中山抗日游击队的秘密办事处，散发游击队的宣传材料、战斗捷报，动员当地青年参军，开展与各界的联络工作。1944 年 3 月，郑秀带着来自澳门的游击队员黄芝的介绍信找到他的老同学李成俊，当李成俊知道中断了几年音讯的黄芝在中山敌后五桂山区从事抗日武装斗争时异常兴奋，有如在黑暗的隧道中找到了一线亮光。于是按郑秀的部署，李成俊积极发动团结青年学生到五桂山去、到敌人后方去，扩大解放区，争取抗日战争的最

◎ 当年中山县抗日义勇大队、后珠江纵队一支队的几位领导人新中国成立后的重逢合照，左起副大队长罗章有、大队长欧初、政委梁奇达和政治处主任杨子江

后胜利。

　　同年7月初，第一批包括孙中山故乡纪念中学、培正中学、中德中学、镜湖中学、护士学校、濠江中学、行易中学等校的学生十余人，在郑秀和李成俊带的领下来到五桂山的松埔村。其后，一批批的澳门青年陆续到来，游击队为这些青年专门开办训练班，欧初给起了个代号"纽约桥"，意在广泛联络旅居港澳和海外的中山籍青年。欧初与梁奇达、杨子江等游击队领导经常去训练班给他们上课。

　　当年参加过训练班的青年人数很多，其中李成俊、容文达、郑杰、郑之、赖冠威、刘光普、朱碧、李铁、任艳华、何竹君、郑金秋、卢萍、郑汝钿、周宇、胡兆基、李葵等从训练班结业之后，有的到连队担任文化教员，有的到班上担任政治战士，负责宣传鼓动工作，还有的成为医护人员。这些青年有文化，参加游击队之后成为一股新的血液，在斗争中锻炼成长，为国家为民族作出许多贡献。如李成俊，后来担

◎ 欧初（前左五）和李成俊（前右三）与老战士后代在一起（2015 年）（萧亮忠 / 摄）

◎ 新中国成立后欧初（前左四）与战友重回五桂山看望乡亲。后右起为黄旭、杨子江、罗章有，右六为甘生，前右一为梁坚

◎ 2006 年珠江纵队一支队副支队长罗章有（中）回娘家五桂山（萧亮忠 / 摄）

◎ 2006年珠江纵队一支队支队长欧初题词（萧亮忠／摄）

◎ 2007年珠江纵队老战士重返五桂山（萧亮忠／摄）

任澳门日报社社长、全国政协委员,澳门回归基本法起草委员会副主任,李葵担任澳门中国旅行社董事总经理等,不胜枚举。

1944 年 1 月 3 日,在原五桂山游击队基础上创建的中山人民抗日义勇大队宣告成立,大队长欧初,政委谭桂明,副大队长罗章有,政治处主任杨子江,下辖逸仙大队、陈中坚大队和 12 个中队。

当日下午,大队成立典礼开始,新任大队长欧初精神奕奕走上主席台,大声宣布:中山人民抗日义勇大队成立啦!随即锣鼓响起,三队醒狮分别从主席台正面和左右两侧踩着欢快的锣鼓舞到台前上下翻腾。突然,谢立全操起一具刚缴获的掷弹筒跳上台向着天空放了一响,又举起一挺轻机枪朝天连发,那矫健的英姿与利索的动作,激起全场一片狂欢!

欧初完全被眼前一幕感动了,似乎谢立全把他当年那个少年心思告知天了。

"记得战时聆讲演,碧江处处灿红棉。"(欧初诗语)欧初不禁想起点燃他心中火种的叶剑英将军,想起革命征途的引路人孙康,想起指示他创建主力小队的县委书记梁奇达,想起对他言传身教的"林叔"(林锵云),想起谢斌、谢立全、周伯明等指挥部(后为珠江纵队)领导的关怀指导,还有那些与他一起出生入死、创建小队、中队到大队的战友,以及牺牲在出师半途的英烈,他,想起太多太多……

庆典会上,精彩还在继续。歌声此起彼落,"流星队"一曲《八百壮士》的雄壮大合唱,歌声在山谷回响。忽听有人高叫"请大队长也来一个!"打断了欧初的回忆。

掌声再度响起,欧初再次上台,他即兴发挥,唱了一首应景的客家山歌:"日出东方满山红,崖地部队真英雄。(崖地,客家话我们)各界人民齐拥护,杀敌锄奸又立功!"

◎ 周伯明、梁奇达和欧初三人即时商定由欧初即返中山，起草了一份通牒，并以欧初名义在中山发布

　　"献金台"是压轴巨献。群众排着长龙，义捐义勇大队。女青年霍淑倾尽自己的储蓄，又加上家里的财产，献购一挺轻机枪，滨海区等三个区的代表上台赠送金牌三块，其他还有捐现金、首饰等，高潮迭起，场面感人。

　　1945年8月15日，这是抗战以来最振奋人心的一日。时欧初与周伯明、梁奇达正带着一支部队驻扎在东莞、宝安交界的一个小山村。深夜时分，东江纵队的报务员送来上级一份急电，电文称：日本宣布无条件投降！命令各地游击队作好受降准备事宜。

　　那份通牒，与笔者40年前在北京军事博物馆看到的那份无异。

珠江"渔火"

　　1962年，广东省副省长、原珠江纵队司令员林锵云重返中山视察革命老区五桂山，了解老区政策落实情况，看望当年战友以及支持游击队对革命作出很大贡献的老区人民。

　　看过五桂山区后，林锵云特意让当年两位女战士方群英、梁坚陪同，回九区的孖沙，专门到当年梁伯雄大队以孤军抵抗20倍日伪顽匪的地方。年近古稀的司令员林锵云故地重行，默默凭吊战斗在敌人心脏七年、为我党建立敌后抗日武装力量贡献殊伟的虎胆英雄——梁伯雄，以及副政委郑文、中队长罗若愚等20多位烈士的亡魂。

◎ 游击队女战士方群英

◎ 游击队女战士梁坚

　　自清末民初起，九区就是中山县北部涵盖大沙田与部分民田、水网河涌交错的区域，辖有大黄圃、阜沙、三角、民众、浪网，以及后来划归番禺、顺德的大岗、黄阁及谭州等地，向西穿过三区古镇、海洲，经西江通往粤中；向东沿水路可出横门；北通南、番、顺；南连五桂山。三区、九区广袤的大沙田乃珠三角腹地，其战略地位十分重要，向来为各派政治势力和各方豪强看重。

　　早在第一次国共合作的大革命时期，国共两党在九区孖沙已有活动。据统计，当年从九区送往广州农民运动讲习所受训的人就有十余个，廖仲恺还亲临九区播下革命火种，建立农会组织、农民赤卫队等运动一度如火如荼。高潮过后，当中的一些积极分子加入了中国共产党。

◎ 鸟瞰今日牛角沙（萧亮忠／摄）

　　沉寂多年后，抗战爆发，革命火种重燃。大革命时期的老地下党员罗若愚、梁仕坤等，率先在九区孖沙组织"宏兴会"，年青的私塾教师梁伯雄成为最早的一批成员。

　　1937 年初，中共南委派党员徐云（钮大华）从香港来到中山九区重建党组织。"宏兴会"的积极分子梁伯雄很快就进入了徐云的视野。经过一年的培养考察，同年年底，梁伯雄被吸收为中共党员，次年春，便先后担任九区孖沙乡党支部书记、区委组织委员等职务。

◎ 廖仲恺

◎ 当年廖仲恺在九区大黄圃中山县农民代表会议上演说，盛况空前

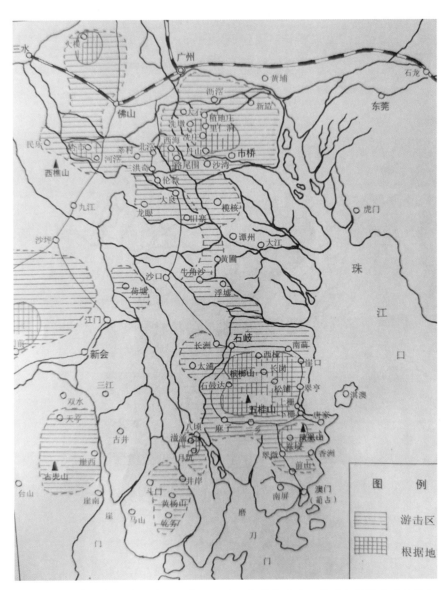

◎ 抗战时期珠三角游击区图示，中山三区、九区位于珠三角两大根据地（西海与
五桂山）之间最为活跃的游击地带与枢纽位置

1938年，中山县三区、九区的国民党地方部队招兵买马，声称"国难当头，凡有人、有枪、有意者均能以组织形式领取部队番号加入部队，共赴国难云云"。正在受命重建组织的徐云闻讯大喜，在中共九区区委召开的第一次武装工作会议上，徐云信心满满地说道："有了番号便合法化，有人头粮饷，有弹药配额，这是我党在九区重建组织开展武装斗争送上门来的机会。"

"有什么好主意，快说来听听。"大家问道。

"人家大开中门，我们堂而皇之进去！"徐云答。

"借人家的窝，生自家的蛋！三哥（指徐云）好主意！"二哥陈大霖连声称妙（陈大霖当时为掩护身份，随民间会社称兄道弟），一哥孙康也不禁笑将起来。于是，一拍即合，决议如下：这支挂国民党番号的武装部队由中共中山县委领导，徐云委员指挥，九区区委负责日常工作，徐云负责物色出面人选。

对于人选，徐云早就有所属意。根据一年多以来的观察，徐云觉得梁伯雄既是孖沙人，又有文化、有抱负、有主见，而且人缘好，当地人称其为伯雄先生，派他打入国民党地方部队，建立一支既隐蔽又公开的抗日武装，最是合适不过了。

于是，经县委同意，由肩负重大使命的梁伯雄出面，以"有人有枪有意"为由，向九区国民党地方部队领取了一个黄礼大队属下的"别动小队"番号，组建了中山地下党领导下的第一支"抗日别动小队"，梁伯雄任小队长，郭定华（郭苏永）、吴二根任副小队长。

不久，中山县委从各区挑来一批战士，人数由最初的13人扩展至四五十人。这支小队在梁伯雄的带领下，开始辗转于九区的大南沙、牛角沙，后来又风行中山全境，公开宣传抗日，锄奸杀敌。一如那大沙田中的点点渔火，"红色火种"逐渐蔓延。

◎ 2015 年，四一二事件亲历者、老战士冼荣仔讲述战斗经过（萧亮忠／摄）

梁伯雄果然不负众望，翌年春便"鸟枪换炮"，小队长变大队长，原来的小队扩编为"挺三"第一支队的第三大队，梁伯雄任大队长，徐云、陈军凯为副大队长，杨日韶任副官，下辖七、八、九三个中队，队伍发展到两三百人。

1941 年 11 月，中共南番中顺中心县委为开辟五桂山抗日根据地，又将驻顺德路尾围的广游二支队第一中队调防中山九区，驻石军沙，公开挂梁伯雄大队第七中队番号。1942 年初，按中心县委决定，这两个中队只留下两个班，大部兵力分批转入五桂山根据地。

两中队留守人员在梁伯雄的领导下，招收当地表现较好的青年农民参军，积极注入"新血液"，继承爱国主义、艰苦训练、军纪严明等优良作风，扩充队伍。经一年半载历练，又成为了能征善战的两个中队。中山人民抗日义勇大队成立后，依旧挂"挺三"梁伯雄大队牌子，内称九区大队。

1942 年春，日伪乘九区主力转移到五桂山之机，即从各地调集日伪军 4000 多人，对三区、九区进行"扫荡"，妄图消灭那里的抗日力量，迫使国民党"挺三"部队妥协投降，扶植伪军在九区的势力。驻九区的国民党部队不战不降，逃往鹤山一带。

偌大一个九区，唯梁伯雄大队岿然不动。敌伪军进攻九区时，梁伯雄从浮墟率队迎战，面对十倍以上日伪军，激战几天后才撤离。

日寇铁蹄践踏三区、九区后，抗战形势一度低落，伪"李朗鸡"部立即派何国光一个营进驻浮墟，狐假虎威，任意鱼肉乡民。为打击这股反动势力，梁伯雄大队配合五桂山抗日游击队，夜袭浮墟伪军，歼灭何国光营部的一个伪警中队和一个连的兵力。伪军落荒而逃，撤出浮墟。浮墟之战，大队副官兼中队指导员杨日韶和中队长王銮英勇牺牲，代价沉重。然而浮墟之战重创了敌伪，极大鼓舞了三区、九区人民的抗日斗志，从此，中共九区梁伯雄大队声威大振。

据梁泰猷回忆，1941年，日军占领中山九区的三角乡后，从石岐的日军守务队调派了一个约有60余人的小分队，驻防在该乡江尾的西厂和山顶上。为虎作伥，伪广东省财政厅也派来了一个约有300人的总队，总队长黄志敏，总部在横档乡，下设三个中队，名为"护沙"（保护沙田农耕），实替日军征军粮，成为侵驻广州、石岐的日军掠夺粮食的帮凶。三年来，护沙队无恶不作，九区民众早就对其恨之入骨。

1944年秋，珠江纵队一支队属下的梁伯雄大队决定狠狠惩戒这一股敌人，先后派谭惠光、梁泰猷侦探敌情。经探，得知这三个中队均为乌合之众"下三烂"，其中最烂的当数第三中队，大多数是兵痞和无业游民，号称100人，实80稍余，头目还是刚出校门、靠有后台撑的"初哥"。

谭惠光、梁泰猷二人将搜集来的敌情写成调查报告，并附上手绘地形图立即汇报。梁伯雄与郭苏永等大队领导研判后，将目标锁定驻沙栏旧墟的伪护沙三队。慎重起见，再由郭苏永、梁冠等沿预定的行

◎ 2018年，老战士后代到九区战地寻踪，并与当年老游击队员黄庆仕（佩章者）留影于中山市东凤镇吉昌围（萧亮忠／摄）

军路线实地至沙栏敌营前观察核对一次。最后，大队领导作出"攻其不备，远道夜袭"的决策，按一比一的兵力投入80人，整个战斗由郭苏永任总指挥，谭惠光、梁冠任副指挥，志在必胜。

秋夜，朦胧月色中，大队政委蔡雄代表珠江纵队一支队给参战的80位指战员作战前动员："九区民众受日伪护沙队的欺凌压榨已久，护沙队其实是护日队！今日，我们要狠狠打击他们，替乡亲们出一口恶气，还沙田区一片天地！"蔡雄拿出一只刻有"为民造福"字样的金戒指继续说道："这次战斗一定能胜利，谁能冲入敌营缴获敌人的一挺日式轻机枪，就把金戒指奖给他！"

随后，60人分乘13只小艇，似箭离弦，趁着昏暗的月色，夜10时左右到达第八涌，指挥部就设在大堤上。谭惠光率领主力部队30人，机枪一挺严阵以待，其余人马由梁冠率领，向目标敌营急行军。

抵达沙栏旧墟敌营约11时许，梁冠立即指挥部队前、后、左、右四面向敌营发动冲锋包围。梁冠率一个班，带机枪封锁正面及左面；

◎ 游击战士与后人故地共缅先烈，前右四为梁伯雄女儿，右二、右三为当年的两位老战士

梁泰猷带一班战士迅速向敌营后面包抄，利用敌营右面的一丛竹林作掩护；左翼陈林和邓炳章带领的手枪班12人从左面逼近敌哨兵埋伏下来，伺机一枪将哨兵撂倒。随即战斗打响，梁冠指挥的机关枪吐出火舌，手枪班黄炳的十响快制连续开火，成邦、郑容桂、梁荣、洗荣仔、吕胜与黄泰等人的手枪大显神威。战斗仅用了15分钟便告结束，歼灭敌人一个中队，缴获子弹数千发，手榴弹几十箱，军用物资一大批。战斗中，手枪组的梁荣不幸牺牲。

当部队划着载满战利品的小艇，唱着战歌，胜利返回孖沙时，军民欢欣鼓舞，"护沙队"再也不敢胡作非为了。

梁伯雄率领这支部队在九区坚持抗日，历经全歼沙栏伪护沙中队、摧毁独岗伪据点、打击汉奸黄礼部等，屡立奇功。此外，他们还支持地方党领导的外沙、低沙、陂头、石军沙、将军沙等20多个乡约6000人组成"城隍会"，反霸耕，反伪禾票、伪军谷，群众无不拍手称快。

梁伯雄大队是我党领导的抗日中坚力量，在沟通、配合五桂山部队和番禺、顺德之间的联系及军事行动中均起了很大作用。正因如此，梁伯雄大队亦成了国民党反动派的心腹大患，国民党反动派对梁伯雄恨之入骨，后悔当初给了梁伯雄番号，如今竟是尾大不掉，骨鲠在喉，必欲去之而后快。

1944年冬，五桂山游击队获悉国民党顽固派拟勾结日伪，密谋围歼梁伯雄部队。珠江纵队司令部非常关心这支孤悬"挺三"腹地队伍的安危，通过统战关系让郑永晖找屈仁则、梁自带等从中斡旋，林锵云、谢斌以及一支队的梁奇达、杨子江等，先后到过九区，反复分析，研究应变对策。

九区在地理位置处于五桂山区通往南、番、顺以至中区、西江的交通要道上，对巩固五桂山抗日根据地十分重要，为兵家必争之地。若我游击队不战而退，让日伪不费吹灰之力占领觊觎多年的九区，日伪将乘势以九区为前沿阵地，直接进攻五桂山根据地，一举扑灭抗日火种而完成扫荡多次未遂之愿。

敌人有备而来，敌众我寡的形势下，部队党委研究决定：梁伯雄大队保留大部分武器弹药和少部分精干战斗力量坚守抵抗日伪顽匪的联合进攻，其余撤退以保存有生力量。

部队党委最后把情况和决定通报梁伯雄大队，指示务必做好抗击敌人、牵制敌人和保卫九区的一切准备工作。

梁伯雄接到上级情况通报及指示后，当晚便召集中队长以上干部召开紧急会议。作出暂时分散隐蔽的决定后，梁伯雄又把自己的妻儿叫来，连夜安排他们转移到娘家躲避。临别时，妻子十分不舍地说道："伯雄，自我嫁到梁家一向依你，如今依我一次行吗？"

梁伯雄看着拖家带口的妻子，心中不忍拂逆，缄默听妻子言。

"这次来的不单是日本仔，更多是'挺三'的人。这帮人个个都认得你，对你恨之入骨，恨不得生吞了你。如果不是上头非要你留下，你还是随我先回娘家避过风头再说。留得青山在，不怕没柴烧。"妻子说道。

梁伯雄听罢，也动了情说："老婆，我知道你这都是为了我，也是为了我们的部队。自我入了'挺三'，你就没过过一天安乐的日子，不是忧柴就是忧米。我们部队百多号人，'挺三'只供50人的粮饷，部队缺粮，你带头将自家的粮食拿出来贴补；天冷部队缺棉衣，你将田地所收全部为战士置寒衣；部队缺弹药，你甚至将家中所有的金银首饰变卖，购置枪支弹药装备部队。只要是部队需要，你就义无反顾。如今大敌当前，我岂可知危而退啊？老婆，你是深明大义的人，我梁伯雄生为孖沙人，死为孖沙鬼！老婆大恩大德，伯雄来生再报吧！"

无情未必真豪杰，伯雄这番慷慨赴死的肺腑之言，说得妻儿泪流满面，无言。

一语成谶，预料中的永诀！

5月12日，国民党"挺三"司令伍蕃在三区鸡笼乡召开反共内战联合会议，所属五个支队的头目均到会，会议决定联合进攻梁伯雄大队。

5月18日，伍蕃正式下达围攻梁伯雄大队的密令，由潘惠、梁正、梁自带、谢云龙等纠集3000余人，分四路围攻。第一路从南头向坡头、上沙一带进攻；第二路向牛角、中沙一带进攻；第三路向永益、小沥尾、四埒冲口一带进攻；第四路由各支队留守部队设防于各河冲沿岸截击突围的九区游击队和阻击援军。

日军三艘炮艇参加围剿。第一艘在大生围三星海，第二艘在桂洲水道猪曹涌口，第三艘在南头的大捞海面巡逻，准备截击九区大队从主要水路的突围，以及阻击来自五桂山或其他外部增援部队。

各路兵力于22日前准备就绪，23日上午8时同时行动。

战斗开始，梁伯雄亲率的合益围主力中队与驻守坡头沙的中队、驻守孖沙的中队同时遇敌驳火。守土将士多次把冲到驻地阵前的敌军击退，从凌晨一直激战至下午3时，毙敌与击伤敌军数十人。

据当年驻守将军庙小队班长袁永回忆，他们战前在小队长谭惠光的带领下，事先按敌人进攻的路线埋好了炸药包，全小队提前守候在六百六（地名），等君入瓮。一早，从低沙方向便传来枪声，果然是敌伪军顺着六百六的中心道路往将军庙冲过来。眼看敌人自投罗网，不料天帮了倒忙，突然来一场大雨，将我方事前所放置的炸药包全部淋湿，无一可引爆灭敌，反被敌人包围，只好撤退。袁永负责断后，掩护战友且战且退，直退至合益围大队营地。

5月24日，孤军作战的九区大队在坚持了30多小时之后，武器弹药不足，各中队伤亡严重又无法补员，大队部决定强行突围，各部先后撤出合益围、孖沙、坡头沙营地。

突围中，三支中队均被打散。主力中队转战江边的九顷围，其余两个中队大部分失散，副中队长谭惠光和容丁等同志牺牲，副政委郑文、中队长梁冠和小队长陈军亮和其余50多名战士先后被俘。押解途中，几十人挤着过一座小桥时，梁冠瞅准了一个机会，使劲用肩膀把郑文挤下了河，谁知郑文不会游泳，只能躲在靠岸边的水草丛，最终又被敌人搜捕。

突围中，全大队指战员约一半人冲出重围。中队长罗若愚、主力二中队的中队长郭苏永、小队长梁泰猷带领的少数指战员突出重围后星夜撤退，大队政委蔡雄在撤退中被打散后和战士冼荣仔（副政委郑文的警卫员）一起泅水脱险。

没有突围出去的指战员几番辗转之后，终于与九顷围的主力中队会合,继续与日伪展开顽强的抵抗。沙田水网地带没有回旋和隐蔽余地,四面受敌,他们陷入敌人的重重包围之中。

5月25日,连续的激战一直持续到上午,大队长梁伯雄率领的大队主力队员且战且退,但四面受敌,已是无路可退。敌我双方距离很近,火力异常激烈。多天的连续作战,弹药耗尽又无法补充,撤退的出路全被日伪军切断。

梁伯雄腹部受伤,依然身先士卒。生命不息,战斗不止,他的大无畏英雄气概极大地激励了一息尚存的全队20多名指战员,他们与轮番进攻到眼前的敌军作殊死的抵抗,警卫员梁七公紧握机枪在大队长身边扫倒一波又一波涌上来的敌人。

敌众我寡,这支弹尽无援的主力中队在大队长的带领下坚守阵地到最后一刻,被冲上来的敌人一轮猛烈扫射,全部阵亡,大队长梁伯雄时年34岁。

5月26日,冲出重围的九区大队指战员分散隐蔽,部分转往五桂山区,部分撤往南海和三水两县之间加入珠江纵队二支队,部分转往粤东东江纵队,还有一部分流落各地投亲靠友。而在突围中被土匪部队包围被俘的中队长罗若愚,以及过河时被俘的大队副政委郑文不幸牺牲。

与梁伯雄一样,一直以"白皮红心"身份战斗在敌人心脏的袁世根闻讯,即由古镇海洲赶过来营救被俘队员。那些被俘的梁伯雄大队海洲籍战士,都是在袁世根开办的训练班受训过的学生,比如袁勋、袁永、吕胜等。袁世根冒着巨大嫌疑,义无反顾地把他们保释了出来。为此,袁世根被屈仁则传召到县长张惠长处兴师问罪,并警告他不要教青年人乱搞事。

"九区事件"后,袁世根及时通知被追捕的张德浩,并让袁勋及时转告本地及邻近有关同志全部转移,使得国民党在追捕中共地下党

◎ 左起中共南委驻九区恢复党组织及组建武装的徐云同志、梁伯雄大队副政委郑文烈士、中队长罗若愚烈士、中队长梁冠同志

◎ 左起分别为吕胜、袁永、袁勋

员时，没有一个从九区部队回来的同志被抓到。

至此，九区梁伯雄大队的番号在“挺三”纵队第三支队系列中消失了，然而，我党在九区播下的抗日火种已燃及五桂山，燃遍珠三角。

有后人评说，挂国民党“挺三”番号的梁伯雄大队是中山版的“黄埔军校”。一批英勇善战的指挥员，比如谭桂明、欧初、卫国尧、罗章有、杨日韶、王鎏、谭生、梁冠、李志海、黄乐天、郑吉、黄衍枢、唐仕明、唐仕锋、梁泰猷、黄鞅、缪雨天、萧子云等，皆从九区起步，在抗战烽火中百炼成钢。而从战士成长起来、新中国成立后成为领导干部的更是不胜枚举。

九区革命先辈们功居厥伟，后人永志不忘！

◎ 2019 年，九区梁伯雄大队"光荣日"，烈士亲属代表与珠江纵队后代从四面八方来到九区烈士安息地，雨中祭亡魂

◎ 烈士亲属代表与珠江纵队后代在烈士墓前合影

老照片背后的故事

烈士郑炎

　　图中的郑炎，时年4岁。她的父亲把她当男儿养，取了个两火合一的"炎"字。常言道四岁看老，郑炎长大后果然是巾帼不让须眉，

◎ 摄于民国初年香山县前山南溪（今属珠海）的郑氏三代同堂合照。左二为郑炎的祖母，左一、右三为郑炎的母亲、父亲，右二为郑炎，右一为郑炎的妹妹，婴儿为郑炎的弟弟

◎ 郑炎烈士被喻作"珠海刘胡兰"，她的英勇事迹陈列在珠海革命历史博物馆

参加革命后的郑炎，临危不惧，舍身救战友。在残酷的敌人面前刚烈不屈，惊天地，泣鬼神！

据郑炎的四弟郑桂华（上页三代同堂时未出世）十多年前忆述，郑炎投身革命主要是受父亲当年给游击队送情报的影响。在郑桂华的儿时记忆中，当年常有山坑人（即游击队）来家中找父亲做事，后来他才知，这是因为当年父亲在当地是颇有声望的保长，常到县里开会，接触到一些内部情报便让女儿郑炎送给游击队。渐渐，未足20的郑炎便从父亲的助手变成游击队一员。

在珠海市革命历史博物馆，我们在《珠海刘胡兰》栏目展板上，看到这张烈士留给后人唯一的照片。给我们讲解的阿光是当年郑炎舍身救下来的武工队队长郑吉的儿子。

◎ 讲解者（左）为郑吉的儿子

◎ 在茭塘厦村，郑炎烈士牺牲史实的唯一知情者黄社章（左三），把亲历者郑垣（武工队员）的口述历史从头到尾给我们讲了一次。（左一与右边两位女士为武工队队长郑吉的子女）

◎ 采访者与当地红色文化研究者在大寮水库旁的山林存照

1944年，郑炎在家乡加入了中国共产党，次年参加凤凰山区武工队，在茭塘厦村一带负责群运兼交通站工作。1946年春，担任凤凰山区武工队与珠江地委地下党联系的交通员，时珠江地委设在澳门，联络员冯兰（郑吉爱人），凤凰山游击队与珠江地委两地的人员往来及联络工作由二人连接。

根据指引，我们沿着村后崎岖的山路穿过盘根错节的山林，寻访当年郑炎被捕的那座水库。这水库周边早年原是村支书吴文集的承包地，同行的集叔对这一带十分清楚，他给我们实地讲解印证，一目了然。

"这就是杨寮水库，从岸边伸入水中有一片类似展开鹅翼的浅滩，村民称之'鹅翼滩'，当年郑炎就是只身把围捕武工队的一队敌人引到鹅翼滩，最终陷落敌手的。"集叔如是说。

凤凰山脉连绵起伏的山坡中有三个小坡峰是当年事件的三个主要节点（见下图），A点为事件发生当日武工队队长郑吉和队员们开会的山头，B点为郑炎放哨的山头，C点为郑炎把敌人引向的目标山头，

◎ 凤凰山脉连绵起伏的山坡曲线中的三个小坡峰是当年事件的三个主要节点

山下便是杨寮水库。

这就是茭塘厦村后的凤凰山脉，山不算高，属五桂山余脉。抗日战争胜利前后，珠江纵队主力分别从五桂山转移，部分挺进粤中，部分北上参加全国解放战争，少量部队继续留守以保卫红色政权，改称武工队，郑吉任队长。

当日，武工队长郑吉正在山上的游击驻地开会，会开至一半，寂静山林忽然传来阵阵叫喊声，接着是一阵阵枪声，郑吉凭枪声判断，至少是一队人马，相信是有备而来。

"有敌情，马上撤退！"郑吉一声令下，留下郑垣清理现场，敌人却没有放马过来。原来是郑炎边喊边往武工队撤退的相反方向跑。等敌人反应过来时，武工队早就消失得无影无踪了。

那边的敌人紧追不舍，直追到大寮水库鹅翼滩，才发现上了郑炎的当，现场什么都问不出来。于是留下一半人继续搜索，其余人便将郑炎押到几公里外一个叫白沙的敌驻点继续审讯。

无论敌人是威逼还是利诱，郑炎始终不吐半个字。从诱敌向大寮水库方向跑的那一刻开始，郑炎就做好了赴死的准备，她最终死得很惨烈。敌人审讯不出结果，丧心病狂的刽子手先把她的双乳割掉，再用刺刀从下身将她捅死。

敌人杀害郑炎后，用草席卷起草草掩埋在山林。新中国成立后，政府有关部门在村民帮助下找回烈士骸骨，移放中山革命烈士陵园内。噩耗传来，郑吉与冯兰夫妇惊如晴天霹雳。作为郑炎入党介绍人和珠江地委交通站上下交接默契的冯兰，看着郑炎的进步和成长，她打心里高兴，不料这灿烂如火的青春就如此凋谢于凤凰山上。

强忍悲痛的郑吉安慰着泣不成声的妻子，他知道妻子与郑炎有着战友和姐妹的情谊，三个月前妻子生下大女儿，分娩前多得郑炎忙里

◎ 拍摄于20世纪50年代的这张老照片，是郑吉和冯兰的一幅珍贵的"全家福"。居中坐者为郑吉、冯兰夫妇，前面是五个子女，依出生顺序郑炎英（右一）郑炎雄（左一）郑炎凤（左三，"凤"即凤凰山）郑炎光（右二）郑炎荣（襁褓中）。若将五个子女的名串起来便是一句话：郑炎——英雄凤光荣

◎ 中山革命烈士陵园

忙外，照顾不少，妻子说过将来要女儿认郑炎作契妈。郑吉心想，还有将来吗？女儿生下来14天就送回老家养了，女儿会有将来！郑炎的牺牲，还有我们许多战友的牺牲，不就是为了孩子们有将来吗？

于是郑吉对妻子说道："别难过了，阿炎是一个了不起的烈士，值得我们部队自豪，值得我们郑家子女永远学习纪念！"

冯兰点了点头。于是大女儿百日便有了一个响亮的名字：郑炎英。日后弟妹们取名皆沿袭英姐先例，前面冠"郑炎"。

火中之凤，凤凰涅槃，"生的伟大，死的光荣！"

郑吉史略

右图这张老照片拍摄于1942年元旦，相中人郑吉，三乡乌石村人，时年弱冠。郑吉11岁入读桂山中学，接受地下党员教师的启蒙教育，1937年6月毕业后参加革命，年仅16岁。次年参党，历任中共中山县二区石桥乡支部书记，民生队副队长，雪花队队长，抗日民主政权各镇区政务委员会主席，凤凰山区党支部书记。

◎ 郑吉

这张老照片时值民国30周年国庆，却无丝毫的喜庆。悲山河破碎，痛国土沦亡，年方二十的郑吉，心潮起伏难平。桂山中学老师给他讲文天祥、林则徐的壮语犹响耳畔：苟以国家生与死，岂因福祸趋避之。鲜有照相的郑吉，穿上这套几乎褪色却仍显庄重的中山装，到墟仔镇上的照相馆立一存照。取回后，郑吉用毛笔在照片上题上豪言：为民为国忠于党，留得英姿世代传。

郑吉是这样写，也是这样做的，他的人生三个阶段可作诠释。

第一阶段是抗战时期，包括在中山参加地下党，负责三乡谷镇群工与民兵工作，担任过民生队副队队长及雪花队长等职，又曾调到石岐负责交通情报交接，及在二区杨子江部队担任小队长等。

80年前的一份香港报纸《今日中山》头版登载：日军首次攻入石岐，中山人民奋起抵抗，打响中山沦陷后抗日第一枪。

据史载，这一枪是中共中山县委组织一区和五区两方面的民兵打响的。一方面梁奇达（县委书记）率一区张溪、员峰近百民兵开赴五桂山与郑少康（五区书记）的民兵汇合迎击石岐日寇。另一面由郑吉、郑世雄集结大布、上栅的民兵袭击雍陌、大金顶的日军。后来郑吉与卢德耀曾有一段时间到二区杨子江部队抓军事，郑吉曾任中队副队长。

1944年4月18日在五桂山区成立了"五桂山战时联乡办事处"，逐步成立了五桂山区、滨海区、谷镇区、凤凰山区等区级民主政权。郑吉任谷镇区党组成员、独立中队长。

第二阶段是抗战胜利后留守中山坚持斗争，保卫红色民主政权，任武工队长，在凤凰山一带活动，后转战番禺。

1945年珠江纵队二支队主力中队参加珠江纵队主力一部挺进西江，创建五岭战略根据地，留下少量部队。其中包括邝明、黄友涯、徐云、李冲率短枪队20余人，戴耀、吴声涛率一个中队100余人，以及关汉、萧培率领的政权机关基干队在禺南继续战斗。

萧培（萧子云）是郑吉的老部下、老战友，1942年初浮墟战斗后，为增强二区中队的战斗力，郑吉、萧培二人被派往二区中队并肩战斗，郑吉任小队长，萧培在其小队任职，后被调到位于番禺的广游二支队新编二大队手枪队，一直坚持战斗到日寇投降。解放战争时期在粤赣湘边纵队东江三支队继续战斗到全国解放。

◎ 粤赣湘边纵队番禺独立团团部旧址——石碁塱边村容庵梁公祠

　　上图是粤赣湘边纵队番禺独立团部旧址，经过十年战火洗礼的郑吉团长，在此运筹帷幄，拉开了其人生新一幕。我们在当地党史办翻到了关于郑吉的不少记载，弱水三千取其一瓢。

　　这是一次番禺解放在即前的行动，为扫清域内反动势力，1949年8月30日，县武工队在岳潭渡口秘密逮捕了县政府征粮主任陈玉楷与主办吴干。郑吉（时兼县工委主任）亲自出马审讯，晓以大义，给他们立功赎罪机会。

　　陈、吴识时务，陈玉楷按照郑吉的授意，立即从衣兜取出自己的名片，在名片背面给驻潭山的保警排长写道：昨从香港回来一殷实大户，见字后速到大岭征收。吴干则遵郑吉命随武工队队员叶培根到潭山把信交给保警排长。

　　排长见字不疑，立即集合出发。这边厢郑吉命武工队已布下天罗地网。10时许，保警队从潭山开过来。吴干在前，若无其事，顺利过河，保警队随即也到了渡口。防有诈，保警排长指定五人先下艇，自己带着其余人站在渡口观察。一直等到小艇过到对岸，确定没有问题后，保警排长方放下心来，指挥全部人马下艇过河。

岸上五人沿着往岳溪方向小路走去，河中敌艇同步向岳溪方向驶去。就在敌艇即将靠岸一刻，"缴枪不杀！"喊声响声，布置在附近山岗的机枪也吐出了火焰。艇上的敌人一个个吓得乖乖举起手。那些抢先登岸的敌人，枪响后匆匆退入岳溪村抵抗，退至村口门楼时全部落入埋伏在门楼的武工队网中。

战斗不到半小时就结束，战果颇丰：缴获机枪一挺，步枪十枝，手枪一枝，俘虏敌人15名。武工队问如何处理俘虏，郑吉团长干脆利落复道：告诉他们不要再当国民党炮灰，要跟共产党走，所有俘虏发给路费，就地遣散回家。

1949年10月22日，粤赣湘边纵队参谋长严尚民率独立一、三、四团从东、北面直插市桥，郑吉率番禺独立团配合切断南逃之敌，大军以摧枯拉朽之势占领市桥，次日番禺宣告全境解放。

一周后，中山解放，郑吉专业，调回中山工作。历任中共中山县五区区长、下五区区委书记，中山县总工会主席，石岐市总工会主席，手工业部部长，武装部政委，市委常委、副书记、市长、市委书记。市县合并后，任副县长、县委副书记等职。

新中国成立后的这一段，可视作郑吉事业人生之第三阶段，据我老师阮克当年随郑吉在中山五区搞土改时的忆述，时任大组长的郑吉工作亲历亲为，要求严格，一丝不苟。郑吉作风朴实，平易近人，虽是"三八式"老革命，但从来不拿架子，有空就给他们四位年轻的小组长讲游击队打鬼子的故事。

◎ 当年石岐市大抓工业基础建设与技术创新成果之一：石岐运输中心工人创造的竹木两轮拖卡车，梁书记（站立者）郑市长（蹲者）亲临现场验收

郑吉后来在石岐市的工作也是有口皆碑，从其工作的轨迹可一窥其对家乡建设之身心投入与建树。然而，正当郑吉踌躇满志搞建设、一心一意抓民生的时候，一场"反地方主义"的政治运动让其人生发生了悲剧性大逆转。

1959 年下半年，在广东省自上而下开展的"反地方主义"运动中，中山县 100 多名干部"中箭"甚至"落马"，身居领导要职的郑吉被划为地方主义反党集团头子，同年 11 月含冤自尽。

沉冤 20 年后，在全中国自上而下开展真理标准讨论，联系实际拨乱反正中，郑吉冤案最终得以昭雪，受到郑吉冤案株连的 100 多名干部同时也得到了平反。

斯人已去，警钟长鸣！

战斗在敌人心脏

40年前，一场"关于实践是检验真理唯一标准"的大讨论席卷全国，由此，自上而下冲破理论禁区，拨乱反正。中共中山县委在这场大讨论中走在了全省的前列，全县上下联系实际，拨乱反正，效果显著。中共广东省委宣传部在中山召开现场会议，总结推广经验。

笔者在县委宣传部工作正逢其时，见证了这场讨论，其中影响最大的是中山两

◎ "白皮红心"的袁世根戎装照

个历史冤案得以平反。其一为原县委副书记兼石岐市委书记郑吉被打成"地方主义反党集团"头子并株连百余名干部的冤案彻底平反；其二是为土改中"白皮红心"的海洲乡长袁世根被错杀一案昭告天下。

40年后，有机会实地寻访两位忠良当年的战斗踪迹。岁月烽烟远去，民间仍在流传着他们的故事。

袁世根的故事，当从中山县乡村师范毕业，投笔从戎立志救国的初心说起。

早在 1931 年九一八日本侵占东北开始，还在中山县乡村师范（位于翠亨村杨氏宗祠,后也成为孙科与一众国士乡贤办纪念中学的前身）读书的袁世根就结识了谭福鑫（谭桂明）、杨日韶、黄石生、陈桂明等进步同学，他们曾一道组织抗日宣传活动。次年蔡廷锴率十九路军奋起抵抗入侵上海的日寇，袁世根还发动三区（即古镇、海洲一片）同乡同学组织抗日宣传队，回到小榄、海洲及江门、新会等地开展抗日募捐活动。

同年袁世根师范毕业，回乡任教，被聘为海洲学校教务主任，推广陶行知"知行合一"乡村教育模式饮誉一方。1937 年，三区督学派袁世根参加县府举办的乡长军训班，受训回来挂了个副乡长的职衔，只是袁世根重校务而不过问乡事。

1938 年，袁世根与师生五人相约赴延安，却因临行生变后，阴差阳错被家乡海州几位乡绅保举当了乡长兼乡自卫队副队长。

1940 年中山全境沦陷，国民党挺进军第三纵队（挂抗日部队名义的杂牌军，简称"挺三"）远遁鹤山，海洲乡内外匪霸势力倚仗日伪横行霸道。袁世根北上延安之心未泯，只身前往桂林找八路军办事处的朋友未遇，得其他朋友举荐找到桂林浦兵站的张嘉斌。张嘉斌是张发奎的胞弟，正准备去罗定县当县长，一看来者一表人才便收入帐下，派他一个肥缺、多少人求之不得的附城税务所所任长。袁世根不屑，反而愿意去清水衙门，当了罗定县民教馆长兼县报编辑。

袁世根有了用武之地，派上了宣传抗日的大用场，一时之间《新罗日报》洛阳纸贵，引起了中共罗定县委组织的注意，便派了一个年龄与袁世根相仿的医生苏德琛（党员）与之接触，遂成好友。

正当袁世根办报办得意气风发时，家乡袁开来信，告知"挺三"还乡，已扫清敌伪匪霸，"挺三"正副司令袁带、屈仁则授意袁世根回乡重掌乡政。袁世根拿不定主意便找苏德琛商量，苏德琛说要想一想再说。当晚，苏德琛特意请示了中共西江特委领导人李超。李超本也很赏识袁世根，并有意培养他入党，让他在西江这边发挥作用。但两相比较后，李超最后认为，既是"挺三"的头目授意，袁世根当以宗兄乡缘入主海洲，取得信任，在三九区坐稳，他日打通西江连粤中我党这条交通线所起的作用会更大。于是便明示苏德琛鼓励袁世根回乡，结交好上层关系，在另一条隐蔽的战线上发挥更大的作用，打日寇，报国家。苏德琛还告诉袁世根，抗日救亡，与海洲一衣带水的新会荷塘一样有同袍。尽管县长张嘉斌诚意挽留，袁世根去意已决，

袁世根带着使命回到家乡，重任乡长。他能说会道，处事执中，尤擅排除乡务纠纷，甚至连大头目袁带大小老婆的钩心斗角都能摆平，颇得袁带信任。二头目屈仁则附庸风雅，对教书先生袁世根礼让三分。不久，袁世根通过二位又结识了财雄势大的梁自带，彼此称兄道弟，乡人更不在话下了。袁世根这乡长把乡事治理得妥妥帖帖，便渐渐在海洲有了话语权。

1941年冬，在一次敌后联合抗日锄奸商议会上，袁世根见到新会荷塘的地下党员容忍之，原来二人在"抗先队"时就相识，只是袁世根不知容忍之是地下党员。容忍之将新会荷塘、顺德江尾土匪活动猖獗的情况告知袁世根后，带几分自嘲向袁世根求援："已闻袁兄保境安民有为，今我新会荷塘一带土匪杀人越货，无恶不作，我容忍之实不可容忍之，还望兄助我一臂？"

袁世根报请上司屈仁则同意，不日便派出海洲自卫队消灭了盘踞荷塘良村的土匪。没多久，容忍之又来，请其协助除掉江门伪密侦队

◎ 袁世根旧居，相连矮屋原是借墙搭建的草棚，用作《持正报》编辑部和油印室。中江交通线打通后便成了地下党、游击队的交通枢纽站，当年中顺边工委就是在袁世根旧居成立的

的陈华、陈成、陈章三兄弟。

袁世根笑曰："容忍之啊容忍之，我看你得改个名叫容不得才是。"这次，袁世根没请示上司，暗地里与容忍之谋划多时，一待时机成熟，就直接指挥自卫队联合荷塘自卫队突袭江门伪密侦队营地，以迅雷不及掩耳之势歼灭陈氏"三虎"，震慑一方。此举打通了我党西江连粤中的秘密交通线，当初中共西江特委李超可谓慧眼早识。

这条秘密交通线一打通，袁世根的家就成了五桂山根据地党组织和粤中党组织的秘密联络点。

一次李超、陈能兴来中山，落脚袁世根家，闲聊时李超提起当初袁世根办的《新罗日报》来。陈能兴听罢，灵机一动说道："如此好的文功怎可废掉？你袁世根何不一手抓枪杆子，一手抓笔杆子，'文武之道，一张一弛'啊？"

　　袁世根心有灵犀，办报也算驾轻就熟，于是说服了屈仁则，并以屈仁则名义在他家里油印出版了一份抗日救国刊物《持正报》，袁世根侄儿袁文鹏负责刻写蜡版与油印，后成编辑。通过这份刊物，宣传并发动群众，从中培养了一批又一批进步青年走上革命道路，他们分别在三九区参加地下党和党领导的梁伯雄大队，计有吕胜、袁永、袁勋、区伯祥、张德浩、张帆、欧汶、袁沃津、袁耀祺、袁宗朝、欧显宏、袁文鹏、黄炳、袁养、袁育当等。

　　袁世根旧居如今人去楼空，惟墙角一块珍珠黑石碑依然耀眼，上刻曰：中共珠江地委旧址，黄佳书记在此领导珠江地区革命斗争。

　　这个编辑部和油印室一直持续到新中国成立后。袁世根的《告父老民众书》就是袁世根在此亲自起草的，从刻蜡版到油印发送，都是袁文鹏一手一脚完成。

　　1944年起，珠江纵队和粤中党组织领导人林锵云、刘田夫、罗范群、

◎ 袁世根起草的《告父老民众书》

李超、陈能兴等同志来往中山，都在袁家落脚，对袁世根的工作表示满意。这条秘密交通线还为后来五桂山部队挺进粤中立下了大功劳。

1944年10月，抗战转入战略反攻阶段。中共广东省临委决定从五桂山抽调主力500余人挺进粤中，珠江纵队司令部接到任务之后，立即研究，从五桂山出发挺进粤中，要走水陆两路一天一夜，沿途有不少敌伪关卡，过五关斩六将。为做到万无一失，司令员林锵云决定亲自沿途踩线，现场拍板决定路线及检查沿途交通站如何落实接待与掩护等工作。

林锵云叔先到海洲，这是完成挺进粤中这一艰巨任务之关键所在，在那间表面堆放柴草实为《持正报》编辑部和油印室的草栅内，林锵云与袁世根反复比较从小榄经顺德过高鹤，或是从小榄二顷围过海洲走西江，孰优孰劣。前者绕不过顺德伪军欧阳培这支反动武装，后者小榄二顷围过海洲中间的九洲基有个谢老虎，但毕竟是在屈仁则辖下，可通过上层统战关系疏通，至于海洲上西江则有自己人袁世根一路打点，权衡利弊最后取后者。

林锵云立即安排上层统战关系疏通屈仁则，并提出自己还要亲自走一趟海洲到二顷围这段关键路程。于是，袁世根在自卫队中挑选了既熟悉水陆道路情况，又会划双桨有篷小艇的容国瑞（民盟成员、亦《持正报》编辑）陪同。

翌日清晨二人启程，经过九洲基河涌关卡，遇到查询，容国瑞便扯开嗓子，用海洲话大声应道："海洲乡公所！"对方手一摆，小船便似离弦箭。容国瑞不无得意地对林锵云说道："'挺三'是我们海洲人话事（即说了算），海洲乡公所五个字便成了放行路条。"说罢，容国瑞又补了一句："其实，海洲乡公所就是袁世根三个字的代名词。"

"哦！"林锵云听罢，悬着的心放下了一半，还有悬着那一半就该如何做好上层统战，写好路条了。回到海洲，他听取了袁世根所作的一切准备工作的汇报，特别是关于上层的统战工作。

抗战时期，我党的统战法宝十分灵验，小榄是"挺三"的司令部所在地，驻扎在九洲基的谢老虎是屈仁则的嫡系中队。派去做工作的吴声涛（前山人，后来曾调入广游二支队，解放战争中任禺南武工队教导员，负责对国民党统战工作）找屈仁则，请他写路条。吴声涛到小榄找到屈仁则，对他说："我部有些人或经过贵军防地，带枪的，有劳放行。"屈仁则认识吴声涛，便说："可以啊。"于是写下："兹有友军十几人经过九洲基防地，请予放行"，还加盖了司令部章。

吴声涛满心欢喜，拿着路条回五桂山珠江纵队司令部复命，司令部正在开会，众人一看，都说不行，写十几人，实际500余人下面怎敢放行？

想想也是，怎样落笔才好呢？众人不约而同把目光投向与会的杨子江，杨子江笑道："大道至简，不必多言。"于是挥笔而就，众人一看，拍手称妙，就八个字：友军持械借道，放行。

10月21日傍晚，义勇大队政委谭桂明率中山县抗日义勇大队部分主力随中区纵队指挥部合500多人的队伍挺进粤中。部队在二顷围休息了一个白天，吃过晚饭，从二顷围出发，秘密行军到达九洲基谢老虎防地时已是半夜。

游击队把路条交给了哨兵，哨兵一下子看到这么多人，黑压压一大片，吓了一大跳，慌忙抱起一挺机枪，叫上所有人上碉楼一看，原来是一支好几百人的大队伍，哨兵班长心里直打鼓：事先没接到通知，但有司令部大印的放行条，反正出了事也与自己无关。心一横，就放行了。

且说在海洲准备接应的袁世根预备珠纵五桂山的大队人马下半夜抵达后即入住海洲袁氏大宗祠憩息，一切皆在掌控之中。唯一令他放

◎ 五百精兵"挺进粤中"其中的两位亲历者，一位是领队的谭桂明政委（右），另一位是负责通关办路条的吴声涛（左）

◎ 1984年珠江纵队、粤中纵队全体女同志留影

不下心来的是同僚莫予京，既不能让他察觉什么风声，更不能让他伙同一班同僚起哄干涉。

　　袁世根心生一计，干脆请一班同僚到茶楼饮夜茶，谈天说地。其中有袁毅文、袁见成两位副手和一班乡绅。见众同僚品过三杯香茗之后，袁世根不无轻松笑道："顺便告知大家一个消息，听说今晚有支部队路过海洲稍作停留后转到别处打日本仔……"

　　话刚停未断，袁毅文就把话接了过去："谁经过不管，最紧要别扰乱治安，派几个便衣在袁氏大宗祠的巷口外围巡一下便是。"众人听罢，一致赞同。于是袁毅文立即作了布置，一切顺理成章，既给了同僚一个"照会"，又留了一手，以防日后被"挺三"顽固派对手借题发挥。

部队进驻后，立即在袁氏大宗祠后山头放了警戒，祠堂出入口加派哨兵。

更阑夜静，茶楼依旧是烟绕茶浓。茶客的吞云吐雾中，一支半千的队伍已是神不知鬼不觉地入驻祠堂，休息待命，外界根本不知入驻多少人，更不知是何人。即使见到也只当是司空见惯的国民党兵过境，整个海洲若无其事。

翌夜，500多人的五桂山游击队流水疾风般渡过日军严密封锁的西江，胜利挺进粤中。

部队走了后，袁带和屈仁则找来袁世根，大有兴师问罪之意："五桂山老八（八路军俗称）经过海洲，你为何不报告？"袁世根答道："海洲是三岔口，几个镇的交界，时有队伍经过，连我都搞不清，怎么报告？"看到屈仁则满脸怪罪样，袁世根又加了一句："听说这次是从小榄那边过来的，我就更不好问啦。"

袁带怪屈仁则，屈仁则找袁世根茬，却被袁世根反唇相讥，讨了个没趣，再不提此事。旧话重提时，日历已翻到1984年。

40年后，当年的中山抗日义勇大队大队长欧初赴香港参加中山同乡会盛典。宴会中，时任职中共香港新华社的屈仁则的女儿十分恭敬地走到主礼席向欧初敬酒，提及其父当年与游击队磕磕碰碰事颇以为歉。云淡风轻，德高望重的欧初借酒话当年，一时席间成佳话。

袁世根为乡长一任，清正廉明，享誉党内外。他多次伏击日军护航商船；骑劫一艘走私钨矿出口电船；抵制谢云龙手下包办海洲糖厂的"糖捐";掩护新四军干部黄友权、珠江地委书记黄佳等人在中、顺边区搞农民武装斗争;帮助古镇党组织组建地下武工队,暗中支持古镇、曹步的武工队开展锄奸活动,为高沙、四沙等地的武工队提供枪械和资金。他的家成为珠江地委开会的常用秘密场所,一切活动从未有过闪失。袁世根还在后来发生的"九区事件"中营救被捕的游击队队员,通知地下党提前转移……不胜枚举。

1944年,由关立、容忍之二人做介绍人,袁世根终于加入了中国共产党,实现了他多年的追求,作为白皮红心的特别党员,其组织关系直接由上级单线联系。抗战胜利后,袁世根提出不再当乡长,但不获组织批准,不仅如此,1946年,国民党规定公职人员一律要参加国民党时,袁世根更是不想参加,但组织不同意,这把插进敌营多年的尖刀,想拔也拔不出来了,倒是应了那些白皮红心先烈们常说的一句壮语:我不下地狱谁下地狱?!

袁世根想明白了,他抱定了此生交给共产党安排的信念加入了国民党,而且把国民党员的戏演得更足了。

1946年夏天,组织有意为近不惑之年的袁世根当了一回"红娘"。那边厢是鹤山沙坪近郊小学教师李彦湘,由同校的李平心(丈夫是地下党)邀请到江门家中作客,"巧遇"袁世根,时在座的还有关立(中顺新边县工委委员)。

虽说此"湘"非彼"厢",袁世根给李彦湘的第一印象就获高分:思想进步,为人诚实。唯一就是对袁世根当的这个国民党乡长十分不理解,而袁世根又不能自圆其说,故这位以书礼传家的鹤山女子只愿意来往交个朋友,暂不谈婚论嫁。

此后,袁世根常约彦湘在鹤山与海洲之间的江门见面。漫步西江长堤北望,潮莲、荷塘、古镇、海洲……文韬武略、多才多艺的袁世根给她讲他在这一带开展的抗日锄奸故事，用横箫给她吹奏一首如泣如诉的《孟姜女寻夫》，甚至慷慨激昂地为她朗诵一首岳飞的《满江红》。他还给她讲到国内高涨的革命形势，未来的新中国……

经过一年的交往，耳闻目睹，李彦湘更多看到的和听到的是袁世根这个乡长非同一般，察其言，观其行都是正义的，包括救了自己认识的鹤山地下党员教师杨基。尽管袁世根不向自己表明政治面目，但深知袁之忠诚操守的李彦湘已心照不宣，二人于1947年终成眷属。

1949年7月，中共珠江地委书记黄佳住进袁世根家，李彦湘安置他住东面的睡房。黄佳夜以继日地工作，有时还带袁勋出去，很晚才回来。中共中顺边县工委书记方群英也常来找黄佳汇报请示工作。

面对迎接解放、瓦解守敌、肃清残敌、做好上层统战工作、准备接管旧政权等工作，这段时间袁世根特别忙碌，频繁与乡绅及国民党上层出入酒楼、烟馆……

没想到的是，一次袁世根与人相约上烟馆时被他大哥看见了。大哥是个很正直讲原则的人，出于担心，前脚看见弟弟进去，后脚他就告诉了弟妹李彦湘。其实，李彦湘对袁世根常到袁毅文开的烟馆事早有所闻。因烟馆就在自己教书的海洲乡立小学校侧面，自己也曾见过一两次，连学校的老师都在议论，她尤怕接触到老师们那种异样的目光。

本来她也知道丈夫当国民党乡长这份差要应酬也是出于无奈。但无奈"三人成虎"，听多了再加上大伯今日上门规劝，终于促成了她的决定，她流着眼泪对丈夫说："我们离婚吧！你当你的乡长，我回鹤山当我的教师，女儿我带回娘家，我信我能把女儿养大。"

丈夫不吭声，表情十分痛苦，双手使劲抱头呆坐凳子上。

屋子里的抽泣声，惊动了正在隔壁挑灯夜读的黄佳。他过来敲门进了屋，说道："我无意介入你们夫妻矛盾，但作为知情人，我今天不得不过来说几句公道话。"随即，话锋转向李彦湘："你的心情我理解，你是对袁世根常常以灰色面孔出现在各阶层人士中表示不满。其实，你太不了解他了。他入鸦片烟馆是工作需要，是做给别人看的，是组织上要他这样做的。我为什么选择住进你们家呢？这是靠了他当乡长的身份来掩护，正如你母亲和侄儿等都住在这里一样。如果你因此而闹离婚，或离家出走，那就什么都暴露了，我们这批同志的人头全都会落地，累及你的母亲也难幸免。袁世根是个党性很强的党员，执行纪律、执行上级指示很坚决。"

"彦湘啊，你不在其位不谋其政，你出于正义，不知真相，错怪了世根，我们理解你。但是我们多么希望你也争取参加到这个行列来，从而更加理解世根，和世根、和我们一起并肩战斗啊！"黄佳掷地有声一番话，说得李彦湘如梦初醒，她带着几分歉意，感动地望着袁世根。

袁世根马上站起来，走到李彦湘面前，十分诚恳地对她说："黄书记讲的都是真的，你不知情，我不怪你。彦湘，请你相信我，表面上我是国民党乡长，但骨子里我是共产党员！"

常言道：夫妻同心，其利断金。此后，李彦湘在家中便充当了一个地下党"助手"的角色，多次党组织包括珠江地委在家中召开的会议，她都负责放哨、听电话，安排与会人员食宿等。由于表现出色，三个月后便加入了共产党。入党后还积极发动群众，完成各项支前任务和办夜校与扫盲班等，直至新中国成立。

新中国成立后，袁世根被派到小榄担任中山县三区人民政府区长，李彦湘也被调任小榄建斌中学校长。正当袁世根不用再披那张"白皮"，豪情面向未来施展其报国抱负之时，令所有熟悉他的人始料未及的是，如此一位在新中国成立前就久经考验、名副其实的"白皮红心"乡长，却在新中国成立后1951年土改清匪反霸运动中被定罪为阶级

◎ 中共中山县委在县城石岐隆重召开"袁
世根同志平反昭雪大会"（上图）

◎ 中山县纪委副书记梁坚在会上宣读文
件（下图）

异己分子、国民党乡长，反革命分子而含冤入狱，同年 11 月被处决。

行刑前，袁世根对被株连入狱的警卫员袁月安说："我立志报国，早就将生死置之度外，我有无问题，历史可鉴，现在的所谓问题，将来一定能弄清楚。"说罢，从衣衫掏出一支尚有温度的墨水笔托袁转交给爱人李彦湘以作永远纪念。

1981 年 12 月 23 日，沉冤 30 年的袁世根案终于水落石出，中共中山县委在县城石岐隆重召开"袁世根同志平反昭雪大会"。袁世根生前上级、下属、战友、同事、学生、乡亲八方云集，他们从心底里呼喊着同一个名字，一个立志报国、忍辱负重至死的英雄袁世根！

同样忍辱负重的袁世根遗孀李彦湘和她几十年含辛茹苦抚养成人的子女参加了平反昭雪大会。其后，李彦湘一次性向党组织交了累积

30 年的党费。

在江门鹤山我们拜访了袁世根的儿子袁立坚，从出生之日起，就注定了他要在一种扭曲了的政治环境下生存与成长。他是遗腹子，父亲辞世四个多月后，他才来到这个世界，就与哥姐随母亲离开伤心地，回了高鹤的娘家。他虽从未见过父亲，却从父母亲的血脉中承传了坚毅乐观的奋斗精神与自强不息的君子人格。在升学、参军、招工、提干，甚至婚姻等样样受限的条件下，照样脱颖而出，他自考完成大学本科毕业，再考吉林大学研究生拿到工业设计硕士学位。他的婚姻家庭幸福，两个女儿皆出自名校专业人士，其本人更是创业有成，如今是江门一家知名企业的掌门人。

"袁世根陵园"建在海洲一处高坡上。园中拱立起一座红字纪念碑：袁世根同志之墓。墓园四周林立的是袁世根生前领导、战友（包括新中国成立后从中顾委到省地市县各级领导人）由衷所题的望天碑。

◎ 拜访袁勋前辈（左一）与袁世根的儿子袁立坚（左二）

◎ 袁世根陵园

◎ 中山党史研究室出版介绍袁世
根事迹的《海州忠魂》

◎ 1982 年，袁世根纪念碑落成日，袁世根的战友、亲友在碑前合影。左起吕胜、
苏松柏、李彦湘、杨基、黄友权、张枫、袁永、袁文鹏

◎ 1983 年 4 月 21 日，袁世根当年的革命同志来到袁世根墓前缅怀战友，左起容辛、苏松柏、容忍之、关立、方向平、梁兆乾

◎ 1996 年 4 月清明时节，李彦湘携家人到袁世根陵园扫墓缅怀亲人。前排左起李新英、李彦湘、易爱卿、袁晓宁、袁民欣、袁晓蓓，后排左起袁立坚、李兆雄

◎ 袁世根的助手袁勋（前排左二）与袁世根的儿子袁立坚（前排左一）接受采访时合影

花开叶落荣枯事，滚滚西江逝水流……

紫荆花开，向我空招手。
梧桐叶落，无语对黄昏。
——袁世根·狱中遗诗

西江畔，海洲民众休闲地，将辟作"袁世根纪念公园"。此地恰是当年袁世根接受珠江纵队司令员林锵云的重托，主持策划五桂山500精兵巧妙通过敌伪重重封锁"挺进粤中"的渡江处，是其"白皮红心"革命人生最浓重的一笔。据悉，包括海洲学校师生在内的民间筹款已十余万，拟在园中建一座袁世根英雄雕像。

本文付梓前，我们一众老战士后代有幸采访了袁世根当年的学生、后来的战友袁勋。92岁的勋叔精神奕奕，记忆犹新，他带着对恩师无限的敬意和战友深情，向我们讲述了袁世根这位战斗在敌人心脏、对党无限忠诚的光辉一生。

临别，勋叔交给我们一叠花了不少心血写成的民谣体诗稿《丹心谱》，殷殷期望后人不忘初心，传承红色基因，传唱革命英雄。

附录《丹心谱》

丹心谱，袁世根，地火人间铸忠魂。

安乡境，赴国难，百年海州第一人。

乡村师范成学业，海州办学校辅仁。

培训青年编报刊，创建民主大同盟。

家亡国破山河碎，民不聊生战祸频。

投笔从戎赴国难，抗日先锋主义真。

罗定初展鸿鹄志，缘结红色指路人。

此后新罗洛纸贵，亡国警钟醒国民。

荣归故里掌帅印，荷塘一战助友邻。

智歼三虎又一豹，锄奸灭寇好安民。

荒年灾多战祸频，饿殍遍野又瘟疫。

乡长一声号令下，开仓赈济救饥民。

运筹帷幄林锵云，指挥若定袁世根。

挺进粤中凭妙算，五百精兵快如神。

一身正气凛大义，两袖清风渡赤贫。

白皮红心肝胆照，忍辱负重泣鬼神。

紫荆花开碾作尘，梧桐无语对黄昏。

卅年沉冤终昭雪，香如故，慰忠魂。

己亥秋袁世根的学生、战友袁勋敬题

塘橄十二壮士

　　74 年前的一天，就在这条村落里，发生了一场自日寇从中山（今珠海）的三灶岛登陆珠江口以来，广东人民抗日游击队抗击日寇最为惨烈的一次战斗。珠江纵队"铁流"中队十二名铁汉，以钢铁般的意志，面对十倍强敌，从早到晚打退了敌人一次又一次的进攻，最后在敌人的重围中，战斗至弹尽粮绝的最后一刻，十二壮士聚拢，拉响身上连着地雷的手榴弹壮烈殉国……

　　1945 年，中国人民的抗日战争已进入反攻阶段，日伪妄做垂死挣扎，他们纠合地方反动武装及土匪合共 4000 人，从 5 月 9 日开始，对五桂山区及其周边平原地区进行大扫荡，人数之多、时间之长，乃前所未有。敌人到处烧杀抢掠，大肆搜捕游击队和抗日干部群众。

　　面对数倍于自己的顽敌，游击队采取分散作战，声东击西办法对付。周伯明、欧初、梁奇达带领民族队、马成队、孔雀队的部分战士和训练班成员在五桂山和凤凰山之间打穿插；罗章有和杨子江带本部人马到板芙或跳出山区到平原作战；其余留守山区打麻雀战。

扫荡半个月，至5月24日，日伪对五桂山区的扫荡出现一个间隙。罗章有、杨子江即率队暂时撤出山区，回到五桂山南麓游击队据点石门村休整，次日收到周伯明、梁奇达、欧初的署名信，信称他们已暂时带队过东江休整，五桂山及周边地区的行动则由罗章有、杨子江共同负责。

◎ 柳兆槐（郑新），珠江纵队铁流中队指导员、塘敢十二壮士之一，1945年5月在塘敢战斗中牺牲

罗章有把信给杨子江看，边说道："子江，我琢磨了一下，战士们已经休整两天了，是否应出去打个'白鸽转'？"

杨子江会意点了点头。"白鸽转"，广东人的意思就是转一圈觅一点食，他明白罗章有的意思就是敌疲我打，在敌人还未喘过气前出动，袭击他一两个敌据点，缴获点后勤补给，以解断炊之忧。

于是次日，几个小分队出石门，深入滨海、谷镇地区活动，一遇战机便速战速决，先后连续袭击了合水口、关塘埔、三乡等地几个敌伪小据点，缴获了一些粮食及弹药，更重要的是昭示了民众：五桂山在，游击队就在！

果然，敌人的扫荡接着又来了，三乡首当其冲受到蹂躏。谷镇区政务委员会主席郑吉火急火燎跑到石门，罗章有与杨子江也刚接到报告，正商量对策。

"快坐下，讲讲你那边的情况。"杨子江移过木凳。

"我来请战！我咽不下这口气，我不一枪崩了郑兴这个叛徒狗汉奸誓不为人！"郑吉的情绪激动得几乎失态。

原来，由于叛徒汉奸郑兴的出卖，日伪军第二轮扫荡从三乡开始，按郑兴提供的线索，大肆搜捕抗日民主政权的人员、地下党员及军烈属，即捕即杀。郑吉的大哥及其妹夫兄弟两人同时遇害。"雪花队"在白石环菠萝山遭遇郑兴带队前来扫荡的日伪顽军几百人，寡不敌众，中队长周增源壮烈牺牲，班排长和战士的损伤惨重。

听完郑吉的汇报，罗、杨二位领导也不禁恨得咬牙切齿。罗章有安慰道："郑吉同志，节哀顺变。你的心情我们理解，郑兴是逃不了的，国恨家仇，迟早要跟他算账！刚才我们也正在商量，你先回镇上处理好善后事，再重整旗鼓，有什么任务会通知你的。"

杨子江送郑吉出村，一路也安慰了一下这位在二区中队时的老战友，回头与罗章有商量，决定成立一支由精兵强将组成的敌后武工中队，狠狠地回击敌人。

"精兵强将12人，以'猛虎队'为主，马成队、民权队抽若干。"杨子江此议，罗章有颇以为然："好，这对报仇心切的郑吉也算回复，还有，我的警卫员是三乡人，熟头熟路，他算一个。""说到强将"，罗章有继续又说："如陈教官（谢立全代称）常言，'兵熊熊一个，将熊熊一窝'。我认为指导员角色，柳兆槐较合适。他1939年参加抗先队，1941年入党，1943年7月与冯培正一同从地方调入游击队，先是在我的中队当战士，在'老虎窝'两三个月后又与冯培正一起被送到'班排干部训练班'，受训后再回到中队当政治战士、排政治服务员，然后调到五区中队任副指导员及后来的黄蜂队（马成队）指导员。参加过横门保卫战、反四路围攻、西桠战斗、反十路围攻、唐家骚扰战，以及夜袭驻南萌伪四十三的王牌营等，平时言语不多，但沉稳干练。至于中队长一职，你属意何人？"

"不是猛虎不下山，非猛虎队长梁杏林莫属啊！"杨子江所言非虚。

梁杏林，上栅村人，父早丧，家境贫寒，19岁参加了游击队，不久，其兄及母亲亦步其后尘，同在"张民友部队"（即罗章有部队）旗下。1943年，梁杏林参加部队骨干训练班时入党，后调到警卫班任小组长，1945年5月，调到班排干部训练班学习后，任猛虎中队中队长。历经第二次打横门、击退日伪的六路围攻、六区上栅、官塘、那洲

◎ "铁流队"中队长梁杏林

等平原地区的锄奸、杀敌、征粮收税战斗，以及夜袭横门伪珠江水道基地司令部和"血战三山虎"等大仗硬仗，表现十分出色。

于是，这支队伍以猛虎队为主，又从马成队、民权队抽调一部分精英共12人组成，人人勇猛，个个了得。

武器方面更是少有的高配：轻机关枪一挺，子弹200发，短枪四枝，长枪六枝，每枪配子弹50发，另有手榴弹和地雷一批。

活动方面则以五桂山、鸦髻山、凤凰山为依托，以谷镇为中心，机动灵活地与敌人巧周旋。通过宣传和活动向世人昭示：游击队在，则五桂山根据地在！

5月26日上午，罗章有与杨子江召集柳兆槐、梁杏林与一众队员，召开战前全队成员动员会，宣布任命，交代任务，明确注意事项。并郑重地把这支受命于危难之际的别动队命名为"铁流队"。

"铁流队"穿插在敌后，以钢铁般的意志，流水般的疾速，尖刀般地插进敌人的心脏！

晚饭后，铁流队出发，第一站到乌石、平岚去宣传，然后回旗岭宿营，次日又马不停蹄去雍陌。雍陌是伪区长郑届以及国民党区长郑

星池的家乡，山顶还有日本仔充当保护伞的营地。

铁流队明知山有虎，偏向虎山行。进了村，猛见祠堂里聚了一堆人，队员上前，表明了身份。听说游击队回来了，人们奔走相告，祠堂人越来越多，乘这个机会，游击队宣传党的政策，揭露敌人的反动本质，并用村话讲了雍陌本乡的抗日故事。队长梁杏林亲历的"三山虎血战"英雄故事，赢得了群众的热烈掌声，来祠堂的民众越来越多，欲罢不能，宣传活动直到夜深才结束，当晚游击队就近夜宿塘橄村，入住一座华侨的洋楼。

不幸，铁流队当晚的活动被混在人群中的国民党区长郑星池的手下发现，并向三乡日伪机关告了密。

拂晓时分，狗吠声和嘈杂声大作，柳兆槐、梁杏林从窗台往外看，他们发现入住的洋楼已被敌人包围，并封死了唯一的那条通出村外的水巷，少说也有100人。看来，决一死战是免不了的。

梁杏林镇定地对大家说：大家选好位置，各就各位，我们在暗处高处，敌人在明处低处，我们要把敌人放近来打，每一颗子弹要消灭一个敌人。

仇恨的子弹射向涌进水巷口的敌兵，敌人进来一个就被"点名"一个，一窝进来，就被游击队扔下去的手雷炸开了花，涨潮般涌来又无可奈何退潮般落去。游击队是在二楼往外打，居高临下暗守打明攻。虽然铁流队的阵地洋楼墙壁弹洞无数，但铁流队员依然无恙，敌人一时也无法接近，只好躲到铁流队员看不见的角落，胡乱打枪射墙壮声势。

战况一时呈胶着状态，敌人进不来，铁流队冲不出去。这时日伪想出劝降一招，叫叛徒郑兴喊话招降。这招不灵，如一石激起千层浪，战士们愤怒声讨叛徒的厚颜无耻与叛党叛国，以及杀害乡亲的滔天罪行。

◎ 2017 年珠江纵队老战士后代在十二勇士遇难地向英雄敬礼（萧亮忠 / 摄）

　　双方拉锯持续到下午 4 时，敌人的枪声停了。柳兆槐和梁杏林立即分头盘点一下弹药，发觉大半天反击战下来已所剩无多，坚持不了多久。

　　突然，旱天雷般脚下一声巨响。不出柳兆槐、梁杏林所料，打到最后，敌伪势必孤注一掷，用炸药炸楼。

　　巨响来自与洋楼相邻的那座平房，它的墙壁被炸开了一个大洞，敌人绕过水巷到了洋楼墙根，搬来稻草，浇上汽油，熊熊烈火从洋楼墙根烧起，浓烟与火苗很快就蹿上了二楼，呛人难禁。

　　柳兆槐与梁杏林相视一眼，彼此心照，时刻准备着的最后时刻到了，他俩让大家围到楼上那张八仙桌前，十二壮士刚好一桌。指导员柳兆槐坚定地对大家说："和十倍的敌人较量了一整天，大家辛苦了！铁流队虽然只存在了三天，但将永垂青史！铁流队的战友们，为国尽忠的时刻到了。"

于是梁杏林、贺友仔等共产党员立即响应，表示决不投降，队员们把枪支砸烂，把文件烧毁，然后围拢在那张桌底已绑了手榴弹和地雷的八仙桌四边，同声高呼："日本鬼滚出中国！""中国共产党万岁！"

贺友仔拉响手榴弹，引爆了地雷……顷刻间，楼房坍塌大半，地火升腾，冲天火光中，贺友仔、梁焕标、郑佳、郑福培、李权、李光等六名战士当场壮烈牺牲，其余昏死，被敌人押解三乡途中，柳兆槐和另一名战士相继牺牲……

后　记

柳金霞父亲柳兆槐（郑新）牺牲后，其母亲冯兰继承遗志战斗未已，祖母带着她生活，并将她们的家变成了游击队的交通站。

中队长梁杏林和其他负伤被关押的战士，后来被地下党、游击队以及革命群众千方百计营救出来。梁吉林被转到东江纵队继续疗伤，伤愈后任东江纵队江北指挥部解放大队第二中队中队长，1945 年 12 月在与伪一百五十三师的一场遭遇战中英勇牺牲，时年 22 岁。

◎ 烈士遗孤柳金霞

"塘檄十二壮士"浩气长存，五桂山英雄儿女用青春与热血，谱写了又一曲"狼牙山五壮士"式的抗日英雄史诗！

◎ 凤凰山与毗邻的五桂山是姐妹山。凤凰山麓的英烈亭中,刻石以纪"塘敢十二壮士"事略

◎ 2019 年 5 月 28 日,珠江纵队后代来到英烈亭缅怀英烈,纪念"塘敢十二壮士"殉国 74 周年

红色家书

这些 20 世纪五六七十年代收藏至今的书信，乍读起来，就像那些年远在外地工作的儿女，给家中父母及弟妹写的家书。其中一封是这样写的。

杨伯并伯母：

很久未通信了，你们近好吗？弟妹们结了婚否？伯母身体健康为念。

我还在原来工作岗位上。除了比过去忙些，身体稍肥胖外，无别的变化，根据最近身体检查之结果，还是很正常的。今年 7 月 15 至 8 月 15 日暑假期间，我准备南行抵广州一趟，看看分别了多年之老战友、老朋友。如果无特殊变化，是一定要回故乡看望你们的。

畅谈过去与现在，更使我们回忆起过去的情景，想起在敌伪扫荡的严重的情景下，在山坑里像做贼一样东躲西藏，当住进了家里时，我们就感到无比安全，伯母对我们真比对自己儿女更加深切爱护。在敌人扫荡追踪之下，你们冒着牺牲的危险，保护了我们，为使革命力量的成长与发展，你们又将自己的儿女交给了国家，不惜为国捐躯，我们，还有后人是永远不会忘记的。

今年是全国第一个五年计划的头年，各地看到了从未有过的新气象，再过十年，二十年建设将可从根本上改变我国现在的落后面貌了。当年我们这一代的付出，实现了如今新一代的幸福生活，想起来也是值的。

伯母，弟、妹们，我们虽岗位不同，但过去、现在继续为国家效力的目标是相同的，我们互相勉励，不忘昨天，看到今天，想到明天。

将近半年未与广东的战友朋友通信了。对于故乡的变化情况如何，土改和婚姻法贯彻得怎样？盼望煊弟（三弟杨昕）、阿芳和"懒猫"（日增）来信告知。来邮寄南京邮局，加信箱号码，我收便可。好了，夜深了，下次再谈吧。

随寄上伍十元给伯母买东西吃，补养身体。经济上有什么困难，来信告知，尽力帮助。

此致
家安！

谢立全
1953 年 5 月 3 日深夜

这位用儿子口气写信给东伯和伯母的人，就是开国将军谢立全，抗战时期的珠江纵队副司令员，新中国成立后的中国人民解放军海军学院院长。

◎ 谢立全（图左）

◎ 杨东（图右）

◎ 杨东的画作

　　收信人东伯，姓杨名东，广东中山翠亨村人，堂叔杨殷曾是孙中山副官，后来的中共早期领导人、政治局常委兼军事部长。

　　杨东早年曾远赴东北、华北一带谋生，目睹东三省沦亡，对东北抗联和抗日的将领心生敬意。杨东多才多艺，他的指画功力十分了得，两个儿子得真传，杨日韶给东北抗日名将马占山所画的传神速写与杨日璋的水彩画作皆成杨家的传家宝。

杨伯母，名谭杏，嫁翠亨村杨东为妻，早年随夫远赴华北谋生，华北沦陷后举家迁回翠亨，投身抗战，贡献殊伟。子女六人，先后全部参加游击队，其中二人殉国。

华北沦陷，杨东举家回迁家乡。不久，中山又沦陷了。杨家八口义无反顾，全家先后投入抗战。男儿扛枪打鬼子，女儿担任交通员，杨东伯、杨伯母当"堡垒户"，掩护游击队。杨家被喻作"游击队之家"，杨伯母被游击队员亲切称为"游击队母亲"。南番中顺中心县委和游击区指挥部的领导林锵云、罗范群、谢立全等都曾在她家住过和养病。杨维学的家也是秘密交通联络点，是欧初、谭桂明、卢德耀等游击队领导的活动地点，以及抗战时期地方党组织和游击队印刷宣传品的场所。

1940年冬天，从延安来的军事教官谢立全化装成珠江三角洲沙田农民模样，由中山的交通员梁锦棹艇护送至中山的牛角沙（今黄圃、南头与阜沙一带），在珠三角与本土游击队的几位负责人谭桂明、欧初、卫国尧和杨日韶相见，彼此都是二十出头的年轻人，相谈甚是投契，尤对杨日韶亲切有加，因他熟悉的著名红军"彭杨"军事学校，就是以杨日韶的宗亲长辈杨殷和另一位农运领袖彭湃命名的。

谢立全对中山县北部沙田地区游击队的情况心中有了数，次日，即在当地交通员带领下，继续向南出发，当晚就落脚在崖口化美村萧伟华烈士家中，然后到翠亨村杨日韶父母家。谢立全将杨日韶写的家书拿出来，老两口接过，看到那熟悉的笔迹，再看看眼前这位年纪与儿子相仿的北方人"陈教官"（谢立全代称），便用北方话与他交谈，杨东伯战前曾在华北某银行做过会计，北方话讲得顺溜，二人一见如故，就像久别重逢的亲人，谈个没完。

原来杨东伯与杨伯母亲在华北眼看到日寇暴行以及国民党当局的

◎ 左为萧伟华遗像，右为中央人民政府交颁发给萧伟华家的革命烈士证书

◎ 谭杏（谭兆嫦）

◎ 杨伯母全家照（小女日芳尚未出生）

◎ 图为杨日韶烈
士故居，图左
为烈士杨维学
（杨日韶堂叔）
的孙儿杨小涛

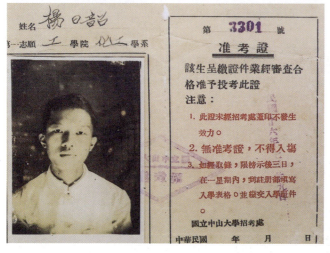

◎ 杨日韶参加高
考的准考证

腐败无能，同时也目睹我八路军日夜兼程开赴前线抗战的情景。举家
返乡后，顺理成章，积极支持子女参加抗日救亡活动。

杨日韶在纪念中学读书时就立志报国，他和同学唐涤生等曾因编
演抗日话剧，鼓动民众起来参加抗战而身陷囹圄，后经党组织和各界
多方声援营救才重获自由。

1938 年杨日韶中学毕业，本可考入中山大学，攻读自己喜爱的化
学专业，但像许多热血男儿一样，杨日韶选择了投笔从戎，在父母的
支持下，步堂叔杨维学之后尘，义无反顾地走上了抗日救国之路。

　　杨维学在 1937 年"七七"卢沟桥事变后，经老同学谭福鑫（即谭桂明）鼓动，从澳门回到中山，先是投入抗日救亡宣传活动，再于次年先后在石门和西桠小学以教师职业作掩护加入抗先队，同年加入共产党。1939 年参加横门保卫战，次年被推选为中共中山四区区委委员。1941 年后转入武装斗争，历任中山抗日游击队第一中队指导员，负责征税培训班，组建白马中队，组建凤凰山区各乡的民主政权以及联乡抗日民主区政府的组建等工作。

　　杨日韶参加革命的经历与堂叔杨维学相似，参加革命次年加入了中国共产党，以教师职业为掩护从事地下工作，然后转入武装斗争，先后担任中山抗日游击大队中队长、梁伯雄大队副官、副大队长兼抗日游击队第一主力中队队长等职。

　　一来二往，"陈教官"（谢立全）与杨日韶成了战场上的战友，经"夜袭浮墟"一役，升华作血与火洗礼过的亲情。

◎ 左图为杨殷的侄子杨维学，右图为杨鹤龄的侄子杨少白，1938 年参加革命，1948 年在解放战争中牺牲。

浮墟是中山北部九区靠番禺的较大的沙田集镇，被番禺恶霸李朗鸡的一个先头营长期霸占，多威作威，民众怨声载道。游击队领导决定攻其不备，夜袭浮墟，打掉这个作恶多端的敌伪据点，重燃九区革命烈火。

对浮墟地形作一番侦察后，在一个月色微明之夜，谢立全指挥部队悄然进入浮墟外围，兵分三路同时行动。王銮率一路负责封锁、钳制敌人的炮楼；谭桂明、杨日韶带领一路火力队占领涌堤，掩护欧初、彭福胜率领击队渡过河涌，直捣敌营。

朦胧月色下，突击队悄悄渡过河涌，不料登岸时被敌人的哨兵发觉，喊了一声："口令！"说时迟，那时快，队员陈炳一梭子弹撂过去，哨兵应声而倒。枪声一响，惊动炮楼之敌，枪从炮楼射孔伸出，即被王銮部一剑封喉，欧初、彭福胜突击队在谭桂明、杨日韶部的火力掩护下，一举冲入祠堂，全歼一连伪军和一队伪警，缴获长短枪40余枝。

夜袭浮墟，本欲速战速决，岂料这股顽敌负隅顽抗，纠集全部兵力和火力拼命反扑。炮楼上的敌兵，用火力切断了王銮一路的退路。杨日韶见状立即率队增援，掩护王銮一路且战且退，谭桂明和欧初一路在河涌边接应。

撤退过程中王銮不幸中弹牺牲，原在河涌接应一路即带了几挺机枪直奔前沿阵地，见先来增援王銮的杨日韶队伍反被炮楼上的强大火力压住，身负重伤的杨日韶仍把着机关枪在还击。直到我方全部机枪的火力聚合，才死死封住了敌人炮楼的射孔，杨日韶的队伍才撤了下来。

不幸的是杨日韶终因负伤流血过多，在运往小榄医院途中不幸牺牲，据护送杨日韶去医院的游击队员说，弥留之际的杨日韶仍在喃喃问及浮墟战斗……

浮墟战斗最终击垮了李朗鸡这股顽敌据点，其后我游击队又连克多个敌伪据点，为民除了大害。但令人痛心的是失去王鎏、杨日韶两位优秀指挥员和十多位战士。

最难过的还是谢立全，他不知该如何告知待他如同己出的杨伯母。怎样才能让二老不被这晴天霹雳击倒？

1959年，谢立全将军重回广东"故乡"，就是将军在家书中所提及的要来新会养病那次，将军本想约二老来叙，后因招待所客满未能如愿。而正是那段养病时光，触景生情，将军的记忆阀门打开，为后

◎ 1961年由广东人民出版社出版的《珠江怒潮》

人留下一本回忆录《珠江怒潮》（1961年由广东人民出版社出版）。

谢立全把亲如兄弟的战友杨日韶牺牲的消息告知二老一节，成为书中最为感人的篇章：

我把杨日韶同志在浮墟战斗中英勇牺牲的经过向两位老人家直说了。说过后，我和谭桂明同志便你一句我一句地安慰两位老人家。

两位老人家听完，沉默不语。我紧紧拉着杨伯母的手，忍不住动情地说：伯娘，别太难过了，我们都是您的儿女呀！杨伯母听罢，擦干了眼泪坚强地说道："要革命就要打仗，要打仗就会有牺牲，不然叫什么革命呢？日韶他死得光荣啊！有这样的儿子，为父母的我们觉得自己也十分光荣……"

在旁的杨东伯没说什么，看得出他是在竭力压抑着心头巨大的悲痛，二老眼睛里已经没有了泪水，有的是充满对敌人仇恨的泪光。

杨伯母接下去说："当日我送日韶参军，也不是没有打算过有这么一天的。要是怕他牺牲，我就不让他去了。可惜他死得太早，鬼子杀得还不够……我要把大女儿日松也送到游击队去，要她同日暲一起去完成日韶来不及完成的事业！"

说罢走进里屋，拿出一根红头绳，把小女儿唤到跟前，当着我们的面把红头绳缠扎在她小女儿的辫子上，边缠边说："你阿哥死了，本来你是要缠白头绳的，今日给你缠这根红头绳，是让你好好记住阿哥，做你阿哥这样的英雄……"

这番话掷地有声，满屋子人的心都被震撼了！

杨伯母说的杨日暲是比杨日韶小一岁的次子，1941年也是从纪念中学毕业，就跟大哥一样也参加到抗战行伍中去。1942年加入共产党，同年任中山县抗日游击大队仲恺中队中队长，在夜袭下栅、前山、南屏、

◎ 杨日暲

南朗、翠微等战斗中英勇善战，足智多谋。1944年4月5日，不幸在袭击张溪敌伪据点时为国捐躯。

噩耗传来，杨伯母对鬼子恨得咬牙切齿，但在亲人子弟兵面前，她硬是咬碎牙齿往肚里吞，她对前来慰问她的司令员林锵云说："林叔，不要为我难过，我明白，拼死杀敌救国救民，暲儿的牺牲是值得的。"

两年间，失去两个风华正茂的爱子，可怜天下父母心，战友们忧的是英雄母亲受挫太深实难自拔，而杨伯母这位子弟兵母亲却丝毫没有退缩，相反愈挫愈勇。

杨伯母一不做，二不休，毅然地把剩下来的小儿子杨日昕和身边的两个女儿杨日增和杨日芳一个不留全送到部队。

英雄母亲"打不尽鬼子，决不下战场"的豪情高山仰止，传遍了五桂山根据地，极大地鼓舞了子弟兵杀敌的信心。

而杨伯母自己留守"看家"，此时她的家已成游击队之"家"（交通站、伤病员休养站）。杨伯母倾其家产支援革命，冒险照料受伤同志，秘密传递革命情报，送子女参军入党，无愧为"革命母亲"称号。

时处敌人反复"扫荡"，部队急需粮食，山区群众经常冒着生命危险，突破敌人的封锁线，把粮食输送到五桂山根据地。

杨伯母听说部队缺粮食，就将自己大半生积蓄起来的9000多元和百多石谷子全部捐给了部队。

不久，当她听到在部队的大女儿杨日松回来说部队在挖野菜充饥时，连忙从箱子里翻出结婚时陪嫁的一条金链，要杨日松拿到南朗墟变卖。买主把价钱压得很低，杨日松心不甘，又把金链拿回来了。杨伯母看见金链卖不掉，气得把女儿数落了一番："战士们靠野菜填肚，哪还有力气打鬼子？等什么好价钱？快去卖！"杨日松终于把金链卖了，换了几十担谷子，第二天她便把谷子全部送去给部队。

杨伯母前仆后继送儿女参加游击队，以及忘我为游击队纾难解困的壮举，在游击队和人民群众中传为美谈。新中国成立后，谢立全将军反映这段历史的回忆录《珠江怒潮》成了20世纪60年代初一部深入人心的红色经典。

杨伯母：

　　因你迁居，忘了你的通信地址，但我常念着你老人家，革命母亲的形象永远铭刻心中。曾经许多读者看了《珠江怒潮》一书之后，写信给我，对你老人家极为赞扬，要学习你忘我的革命精神，并让我转告他们对你的问候，向你致敬。

　　这一年来，我也好像阿芳一样，快变成"懒猫"，未给你们写信了，你的身体好吗？甚念。正逢春节来临

◎ 六十年代初谢立全写给杨伯母的信

前夕，每逢佳节倍思亲，我想念你们，回忆战争艰苦岁月里，我们曾经在一起度过的春节、元旦。记得有一年春节早上，我们全家正在吃年糕，忽听得街巷里头有人大声喊：鬼子进村了！我和警卫员，立即拔出手枪和手榴弹，躲入厨房静听究竟。只见伯母你十分沉着、镇定，立即打发阿昕阿芳兄妹出门玩耍，实是探察敌情。过了一会，兄妹俩高高兴兴回来报告：萝卜头走咗罗（粤语鬼子兵出村了）！于是，继续过大年，多了这段插曲的年味，是我永远难忘的。

　　寄上人民币五十元并向你们拜年！

　　祝全家春节快乐！

谢立全
一月二十七日

　　这就是翠亨村"杨家将"光荣榜。三代忠良，满门英烈，为了中国人民的解放事业，为了新中国的诞生，前仆后继，英勇牺牲，功被社稷，人民将永远记住他们。

杨伯母，日欣同志：

4 月 16 日来信收悉，在照片中看到伯母和弟妹们的笑容令我十分宽慰。

到广州治病以来，一直在总医院，珠江、温泉宾馆转来转去，去年 5 月到了长沙一个民间医院治疗了两个月。春节后去石榴岗海军广州基地时，顺便到珠江电影制片厂看过戴江夫妇。

我这里住的地方警戒很严，加上行动保密，不少同志、战友来看我，偶然有机会才能见一面，不超过十个人。我曾向医疗和主管机关提出，我去看望你们和战友。他们还要报军区首长。军区首长同意了，但提出除了我爱人，还要派医生、护士和警卫随行，由军区派一辆小车和一辆面包车。我觉得这样一来，惊扰太大，影响不好，于是就打消了这个念头，还是等明年结束治疗恢复工作时，再偷偷地去看你们和其他战友吧！

病中，常让我忆起当年所患的那场大病，若非伯母倾尽积蓄甚至卖掉了祖传的金戒指为我治疗，我如何能活到今天？如今我得的病，经过一年多的治疗，超出意料好转，心脏病梗死部分也回复不错，全身关节和筋骨痛，采用了不少民间偏方治疗，有所缓解，只是肠癌作了切除手术后，几次复查，发现有转移迹象，待 5 月底回北京复查后，再写信给你们。

望伯母注意保重身体，日昕同志努力学习毛主席著作。

谢立全

1972.4.21

然而，病魔并没有如将军之愿。回北京后他的病况急转直下，不久便与世长辞，再也见不到魂牵梦绕的故乡五桂山，见不到长相思念的亲人们了，但那一段烽火岁月的故事，那一曲令人刻骨铭心的"军民鱼水情"，将会在民间传唱下去……

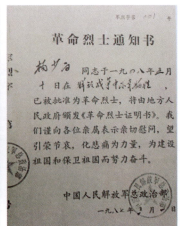

◎ 这支出生于中华国土沦陷时的"童子军"队列照，成
为日后五桂山抗日游击队的杨家队列，右起杨日松、
杨日韶、杨日璋、杨日增、杨日昕（时日芳尚在襁褓中）

◎ 1987 年，中国人民解放军总
政治部追认杨少白等为革命
烈士

◎《革命烈士证书》

◎ 欧初夫妇专程看望杨伯母（中），共话革命情谊

◎ 进入 20 世纪 70 年代，谢立全将军与杨家的家书还在继续，收到杨伯母寄给将军家书中
   附的家照（左起杨日昕、杨伯母、杨日增与杨日芳），病榻上的将军十分高兴，激动地
   给常思念中的杨伯母与弟、妹们写下了最后的一封信

五星红旗迎风飘扬

中山解放，大军进城，

五星红旗，迎风飘扬。

1949年10月30日（农历九月初九重阳）是20世纪中山人最盛大的一个节日，是经历了艰苦的八年抗战和四年解放战争的五桂山英雄儿女的胜利日。历史记下了这中山各界人民翘首以盼、喜迎子弟兵威武之师胜利进城的光辉一页。

中山著名的民俗风情画传人邓振铃先生凭记忆记下了当年的盛况，时邓振铃11岁，据其家口传，当年游行队伍中那些伟人画像就是出自其父邓耀之手。邓耀当年是孙文西路大笪地泰东戏院（即后来的模范戏院）的广告美工，当年中山筹备庆祝活动的负责人李斌找到他，请他三天内画出来，他十分乐意，日夜动笔，花了两天半就完成了。

一个月前，中山独立团五桂山"天文台"（宣传油印室代号）的战士从收音机听到了毛主席在天安门城楼上向全世界庄严宣告：中华人民共和国中央人民政府成立了！占世界人口四分之一的中国人民从此站立起来了！

这是新中国诞生从首都传来第一声石破天惊的春雷，曙光初照五桂山！中山的解放立即进入了倒计时的全面准备。天字一号任务交给了"天文台"，女战士们连日奋战，按照《华商报》刊登的国旗样式和尺寸，精心制作绣出中山第一面鲜艳夺目的五星红旗，并成为庆祝中山解放各界制旗的比例标准。

为了迎接这一天的到来，9月中开始，中共中山县委、石岐市军管会、粤赣湘边纵队中山独立团就作出周密计划和行动部署，包括肃清中山域内残敌顽匪、接管政权与相关机构，组织南下解放中山的两广纵队解放军与中山县地方部队的胜利大会师，以及中山各界群众、学生参加欢迎解放军进城的盛大游行与庆祝活动等。

10月28日夜，中国人民解放军两广纵队后勤部长郑少康率先锋营300余人乘坐两艘船从东莞虎门出发，横渡珠江，在中山横门登陆后长驱直入县城石岐，迅速控制制高点与通向石岐的水陆交通要道，进一步加强城区防务。

郑少康第一时间找到谭桂明（时任珠江地委武装部长兼中山县县长）与黄旭（时任中山县委书记兼中山独立团政委），都是当年五桂山抗日游击队老战友，久别之后的胜利重逢，大家高兴极了。10月30日南下大军与地方部队胜利会师大会的时间、路线、流程一拍即合，红旗、标语横额与主持、献花、互送锦旗等环节立即分头布置。

临了，谭桂明从挂包中掏出一套褪色发白的旧军装，递给黄旭说道："我就这套较好的军装了，长期行军打仗，好几个地方都掉线破损，麻烦老弟拿回去让弟妹缝补一下，别让老哥我失了尊严。"

黄旭接过军装笑道："说不上麻烦，给老首长缝军衣接受献花，不也沾一份光吗？"

10月29日夜，是不少五桂山游击队队员和堡垒户群众的不眠之夜。

10月30日清晨。五桂山人民欢送子弟兵进城，依依不舍，十里长街送亲人，亲人就是游击队。对游击队而言，进城，就是离开多年养育我们的母亲，离开我们的老家五桂山，说不完的知心话，诉不尽的鱼水情（谢月香语）。

队伍浩浩荡荡地向石岐出发。数以千计的山区群众敲着锣鼓、舞着狮子来相送，路上他们还不时抢着同志们的背包和行李背，有的山区妇女还提着竹篮，里面装满煮熟尚温热的鸡蛋、番薯，一个个往战士们手上和口袋里塞。这些情景，几十年后，在谢月香的回忆录中读到时依然让人感动。

到了石岐，同志们与离别多年的两广纵队的兄弟们重逢，与各区有些还认得的群众见面，那又是一番刚离开慈母又遇亲兄妹时的别样心情（谢月香语）。

◎ 五桂山人民欢送子弟兵进城

分散在各区的地方部队以连为建制，亦先后从四面八方向石岐城区近郊的大鳌溪方向集结。据当年二区十三连指导员杨秀英回忆。30日凌晨，十三连便早早齐集在青岗村黄氏宗祠前，在连长刘达之的率领下，先到白蕉围当年游击队医疗站所在的碉楼顶，升起家乡第一面五星红旗，全体战士立正向国旗敬礼，然后挺进大鳌溪。

来自各区各连队，加上由各学校党、团员及学生干部组成的学生宣传队，八方云集大鳌溪学校大广场，连同自发参加群众，计有数千之众。

据当年的亲历者高永、郑裕成、廖丽芳、陈祝宁等回忆，他们和县中团员郑毅生、郑嘉锐、刘寿洪、胡秀华、萧凤山等一起，挂一个衔头叫"暑艺"的学生暑假艺术活动组织，实际开展各项与迎解放对应的活动，包括印发传单，宣传发动群众，护校护厂，组织秧歌队、锣鼓队，制作游行需要的小旗等。此外还到四区、五区联系发动农村进步青年踊跃参加。

◎ 来自各区各连队，加上由各学校党、团员及学生干部组成的学生宣传队，八方云集大鳌溪学校大广场，连同自发参加的群众，有数千之众

◎ 粤赣湘边纵队中山独立团政委黄旭（图中间）与团长梁冠在大鳌溪学校广场准备率部队（包括兵临城下倒戈，从国民党部队起义后入编中山独立团的几个保警连队）进城

◎ 粤赣湘边纵队中山独立团团长梁冠（中）

◎ 二区、四区、五区、六区各连队皆在其中，队伍绵长，只见龙首不见龙尾

另据当年中山师范的亲历者高少珍、汤美莉、陈若、李文光等回忆，新中国成立前夕，他们分别被派到沙溪港头、白沙湾以及象角小学以教书为名开展迎解放相关工作，其中陈若还通过关系成功策反了港头高苞部自卫队12人携械起义。

◎ 部队的行进队列中，还梅花间竹般穿插了着校服的"学生军"，这是一支值得赞许的"学生军"。按照县委的相关指示，各校的党团员从暑假就开始动起来了

◎ 大军进城仪式开始，总指挥、中山独立团政治处主任吴当鸿首当其冲，带领部队雄赳赳、气昂昂向县城迈进

　　中山纪念中学党支部的曾海波、江士骖、黄富泉发展了鲍康尧、张汉文、孙曼光等一批进步师生加党团组织，投入迎解放宣传群众、开展护校及配合五桂山区武工队打击残敌斗争。他们率先在校升起了五星红旗，以此迷惑了企图进校骚扰的县保警队驻翠亨残敌谢某部，并最终配合武工队歼灭了这股残敌。新中国成立前夕，孙科校长赴港途经纪念中学，与师生座谈纪念中学前途，党支部借此机会取得孙科校长的承诺，保护了校产还将此前迁校留在澳门的校产搬了回来。此外，纪念中学党支部的江士骖受命为军管会代表接管纪念中学，并根据县委指示，选派出百名进步师生参加接管政权的各项工作，如其中一部分随鲍康尧参加军管会特别小组接管拱北海关，一部分随曾海波（调任五区区委书记）去了基层。

◎ 南下部队与地方部队抵达石岐仁山广场（今孙中山纪念堂位置）后，举行胜利会师仪式暨庆祝中山解放，仪式由中山县副县长黄乐天主持

◎ 两支胜利之师会师

◎ 中山独立团黄旭政委向两广纵队郑少康部长赠送锦旗，旗上绣着"向老大哥学习"字样

◎ 两广纵队代表向中山独立团梁冠团长回赠锦旗

1
2

3

1、2. 部队文工团载歌载舞，欢庆胜利

3. 珠江地委武装部长兼中山县县长谭桂明（左）与中山独立团团长梁冠（右）接受市民献花

◎ 游行队伍中还出现了新中国开国领袖毛泽东、中国人民解放军总司令朱德以及孙中山先生的巨幅画像。当游行队伍进入孙文路时，全石岐万民空巷，城内男女老幼，人山人海，燃放鞭炮欢迎大军入城，中山沸腾了

中山县各区中学的学生也同样表现出色，不胜枚举，他们在迎解放的这一段历史时刻里受到了极大的锻炼，他们中的不少人在新中国成立后成了中山各领域中的骨干人才。

当夹道欢迎的县中学生们见到不久前才参军的学友黄挺、黄凤兰等精神抖擞走在独立团的队伍中时，学生群中顿时爆发出一片欢呼声。

会师毕，军民大游行开始。中山独立团入伍不久的新战士周磊明幸运被选作游行队伍的扛旗手，他高举着的那面"天文台"战友绣的五星红旗，显得格外鲜艳夺目。五星红旗下，走在队伍最前面的是郑少康、谭桂明、黄旭、梁冠、黄乐天、谢月香等军政领导。

中山文化名士余菊庵即席赋诗纪盛：

1949 "重九日邑境解放"

扫荡妖氛划一时，飘扬遍插五星旗。

今年不作登高客，挤向街道看会师。

一首七言绝句情真意切，朴素无华，堪称诗家之清唱，民间之史笔。

在香港深水埗旧唐楼一个楼阁仔单位，旅港中山青年联谊会理事黄联安，从新中国诞生之日起，每晚准时守候在收音机旁，每听到一个地方解放，就在地图上用红笔画上一支小红旗，终在神州大地重阳日，迎来红旗升故乡。

◎ 图左为濠江中学校长杜岚，图右为杜岚的丈夫、濠江中学前任校长黄健康（中山西区长洲人，地下党员，早年从濠江中学为掩护开展抗日救国活动）

◎ 新中国诞生，旅澳同胞欢欣鼓舞。当天，濠江中学时任校长杜岚带领全校师生升起了澳门第一面五星红旗

◎ 旅港中山青年联谊会在香港一座大楼拉出大幅标语：庆祝中山解放！负责人孙烈还率队赴广州参加庆祝解放活动，并代表港青向广东省军政领导人叶剑英献花

◎ 半个世纪后的1999年澳门回归，濠江中学已光荣离休的老校长杜岚（前排右三）与继任校长尤端阳（前排右四）又一次和师生一起无比自豪地升起了五星红旗

◎ 新中国成立 70 周年前夕，CCTV 现场记录了中国人民解放军驻澳部队仪仗队将 2018 年开学季在天安门广场升起过的那面五星红旗郑重地交到濠江中学学生手上的庄严场面

值值得一提的是，值今新中国 70 周年华诞，濠江中学附属英才学校的小学生给国家主席习近平写信，表达了他们对祖国的热爱，以及未来把祖国和澳门建设得更美好的决心。习主席很快就给他们回了信，勉励他们不辜负杜岚老校长的期望，传承好爱国爱澳优良传统，珍惜时光，刻苦学习，健康成长，长大后为建设澳门、振兴中华多作贡献。

又是一个开学季，屹立在濠江畔的这所学校校长数易，但开学季升国旗、唱国歌、向国旗敬礼这个光荣传统则 70 年如一日。

后　记

　　本书末章《五星红旗迎风飘扬》撂笔，有读者问：为什么在中山解放万众欢腾的历史时刻，看不到如欧初、罗章有、梁奇达、杨子江、郑吉等那一张张熟悉的面孔？

　　事因抗日战争胜利前后，先是珠江纵队500余人奉命挺进粤中，其后又89人与东江纵队主力及其他纵队整编为华东野战军旗下的"两广纵队"（广东广西），北上参加全国的解放战争，包括孟良崮战役、山东莱阳战役、豫东战役、济南战役、淮海战役等。胜利后两广纵队又挥师南下参加解放南方的"广东战役"，珠江三角洲的剿匪，以及解放万山群岛和海南岛等战役。

　　滚滚烽烟中，历史依然留下了五桂山儿女英雄们一往无前的战斗足迹与血染的风采。

　　淮海战役中，我华东野战军于徐州以东歼灭黄伯韬兵团后，余敌几十万人马夺路南逃，华野立即组织徐南阻击战，沿逃敌企图突围的几个方向布阵，"尤以卢村寨激战最烈，工事全部被毁，我击退敌多

◎ 运送东江纵队北撤部队的美式登陆舰

◎ 两广纵队进入山东烟台，当地军民夹道欢迎

◎ 左起分别为团长彭沃（左），政委郑少康（中），副团长莆么才（右）

◎ 1950年5月，两广纵队参加解放万山群岛

◎ 两广纵队在珠江三角洲剿匪

◎ 两广纵队北上参加淮海战役的陈伟强（前），后来担任海军海巡队参谋长

◎ 几十年后，两广纵队老战士重聚当年北上出发纪念地壁前留影

次冲锋，终为两广纵队英勇守住。"（华东野战军《淮海战役实施经过》）死守卢村寨的正是两广纵队一团，他们以"人在阵地在"为誓言，坚守阵地三日三夜，几番短兵相接，阵地肉搏，其情惨烈，减员过半，有的连队只剩两三个人，最后团辖下整编为一、四、五三个连。

上页右下图中的那位海军军官，就是两广纵队北上参加淮海战役在徐南阻击战中，一团誓死阻敌于卢村寨、打到最后整编为三个连中的四连副连长陈伟强。1954年陈伟强被送黄埔海军学校学习后担任海巡队参谋长，1955年起多次护卫周总理及多位开国将帅巡视海防。

本书的写作，无不凝聚了老战士二代们的传承红色文化初心与共同努力。期间一起走过五桂山、凤凰山、红色水乡等父辈们战斗过的地方；一起采访过尚健在的老游击队队员、堡垒户以及烈士后代，以及分头挖掘寻觅史料、红色家书、口传历史、老照片和老照片背后的故事等，其中不少资料还是首次面世。

◎ 1995年珠江纵队成立50周年纪念活动时，老战士摄于中山烈士陵园。前排左三起：杨子江、谢月梅、黄旭、李斌、梁奇达、郑少康（坐轮椅）、梁嘉、叶向荣、梁坚

◎ 老战士、老同志2006年回五桂山参加新春团拜会时合影留念（萧亮忠／摄）

◎ 2018 年 10 月 17 日，广州、佛山、中山、珠海老战士后代在桂山岛海战战役旧
　址留影（萧亮忠 / 摄）

◎ 2019 年 8 月 22 日，中山珠海老战士后代在三河坝战役纪念馆留影（萧亮忠 / 摄）

◎ 2019 年 9 月 3 日，中山珠海老战士后代参加三乡大布村的中秋敬老活动，坐者为老战士（蔡海云 / 摄）

本书在写作过程中还得到中山、珠海斗门、广州番禺等地的党史办及老战士联谊会的大力支持协助，他们提供的红色典册及老战士回忆录，成为我再度进行文学创作加工的历史参考依据之一。

尤值一提的是为本书出版提供全部经费支持的八位老战士后代，且遵其意，姑隐其名，谨致敬意。

抗战老战士、原粤赣湘边纵队中山独立团政治处主任吴当鸿欣然为本书写序。

借此新书付梓之际，对上列所有支持者一统致谢！

曲　辰

2019 年 10 月于五桂山下半闲瓦舍